登山者 DENGSHAN ZHE

时代出版传媒股份有限公司
安 徽 文 艺 出 版 社

刘渠志　安徽灵璧人，文艺学博士，先后学习于南昌陆军学院、国防科技大学政治学院、军事交通学院、安徽大学等，已出版长篇小说《函谷关》《红柳塬》；专著《当代中国军队软实力》《当代中国军营文化》；大型英雄史诗《中国梦.英雄魂》等。

登山者

DENGSHAN ZHE

刘渠志◎著

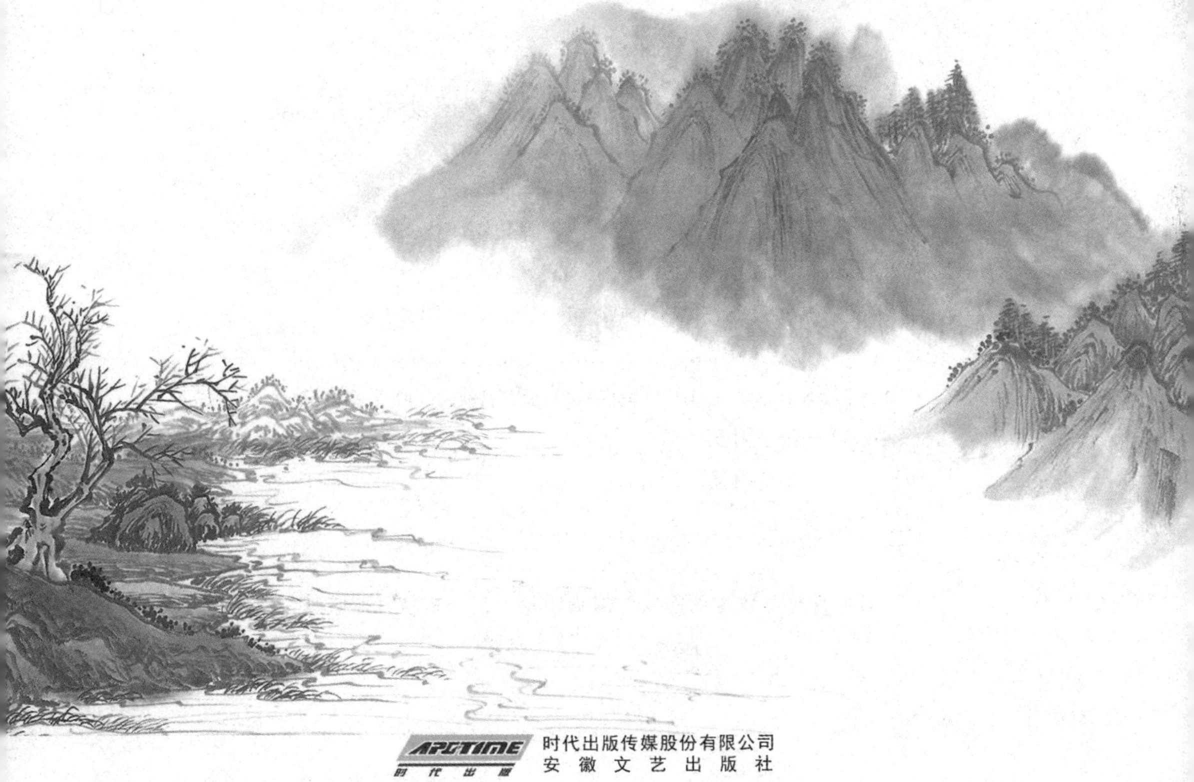

时代出版传媒股份有限公司
安 徽 文 艺 出 版 社

图书在版编目（CIP）数据

登山者/刘渠志著.—合肥：安徽文艺出版社，2016.1
（2023.4 重印）
ISBN 978-7-5396-5542-0

Ⅰ. ①登… Ⅱ. ①刘… Ⅲ. ①诗集－中国－当代
Ⅳ. ①I227

中国版本图书馆 CIP 数据核字(2015)第 223373 号

出 版 人：姚　巍
责任编辑：王婧婧　　　　装帧设计：徐　睿

出版发行：安徽文艺出版社　www.awpub.com
地　　址：合肥市翡翠路 1118 号　邮政编码：230071
营 销 部：(0551)63533889
印　　制：阳谷毕升印务有限公司　(0635)6173567

开本：710×1010　1/16　印张：20.5　字数：300 千字
版次：2016 年 1 月第 1 版
印次：2023 年 4 月第 2 次印刷
定价：38.00 元

目录

第三乐章　爱情是什么

第四乐章　我只能在明天爱你

第五乐章　来自星星的你

第六乐章　永生的海

第七乐章　历史钩沉

序一：谁是诗人

诗歌与人类的成长进步相伴相生，几乎一刻也不曾离开过人类的生产和生活视野。如果用对人类思想、智慧和成长进步的影响来衡量诗歌的价值，也许文学的其他体裁都难出其右。诗歌中蕴藏着人类的灵魂密码，那是开启人类智慧和思想的通道，很难想象一个缺失诗歌引领的民族会是一个伟大的民族，一个没有诗歌相伴的民族会健康成长。

曾几何时，人们把优秀的诗人称作诗仙、诗圣，把其伟大的诗作视为天外来音，并世代传颂。纵观人类发展史，在几乎所有的重大历史关头，总有一批诗人勇于站在历史潮头，以他们卓尔不群的思想和经天纬地的才华指点江山。那一刻，诗人是真善美的化身，一首小诗的传播，便可能影响一群人、一代人，而诗人自身也会因为这首“偶感”而博得“才子”的美名。

一

诗学是美学，和其他文学作品一样以文字为媒介，间接描绘事物，但其旋律和韵味又与小说、散文，甚至绘画、雕塑等其他文学体裁和艺术形式不同，或深沉，或高亢，或细腻，或粗犷，总会激荡人的心灵。诗学是历史，从人类社会有文字记载以来，诗歌就占据了重要的位置。作为一种可以在劳动间隙、丰收时节、祈天祭祖时的休闲、吟唱方式，诗歌一直伴随人类走过漫长的幼年和青春时期，那唯美的语言、优美的韵律、铿锵的节奏，或错落有致，或简洁明快，让多少代的人们为之歌,为之舞!那朗朗上口的美文,陶醉了多少青春少年,多少隐士因为诗歌的引领而超凡脱俗!诗歌不但以其博大精深成为古代政治家治国安邦的重要参考,也是衡量一个人是否具有文才和素养的重要标尺。一部《诗经》唱了数千年却经久不衰,并从中孕育出了唐诗、宋词、元曲。屈原、李白、杜甫、韩愈、苏轼、陆游、李清照、秋瑾、毛泽东、郭沫若、闻一多、徐志摩、朱湘、戴望舒、艾青……这些诗人的不朽诗作,不仅让他们生存的时代为之欢呼,也让中华民族五千年的历史更加绚丽灿烂!那一首首饱含哲理和思辨的精美诗句,曾经是怎样地打动着一颗颗年轻学子的心;那字里行间燃烧的爱情誓言和缕缕柔情,是如何打动一个个貌美如花的女子;那或深刻如高山耸峙,或灵动如江河奔腾,或轻柔如杨柳依依,或激越如瀑布飞流,让多少骚人墨客醉心……

时至今日,随着知识的普及和人们知识水平的提升,诗人的神秘已不再,风光也不再,以致一些苦苦热爱着诗歌的诗人有些迷茫了,既找不到诗歌的位置,也找不到自身的位置了。看一看这些诗人所起的笔名,就不难发现他们的命运早就注定了,他们刻意地把自己有别于他人,自立于社会群体之外,以世外高人或闲人的角度来体察和看待这个世界,欣赏所谓的"孤独"。而这一孤芳自赏式的生命体验,也导致他们与世界和社会的隔膜,继之是无法选择地只能在所谓的诗的王国里独自遨游。长期的与世隔绝式的生活方式,让一些诗人的创作只能停留在文字形式上,如把玩古董般的自恋自语,写出的诗句只是重复着前人的语调,而不是生命与生活的反映和折射。偶尔的灵感也只是沉积已久的心灵末日般的回光返照,虽有新意却无深意,读起来似乎朗朗上口却经不起时间打磨和历史鉴定。这是当代诗人的悲哀,更是当代诗歌的悲哀,也是诗学——这一伟大文学体裁诞生以来少有的悲哀。

诗歌是一方静土,但却不是伊甸园。那里有丰收的喜悦,也有众生被苦难折磨的背影;那里既风景秀丽、鸟语花香,也车水马龙、人来人往。诗人应该用心灵说话,用心灵表达,用心灵放歌。诗是诗人的心灵物语,不需要为谁负责,不需要为谁歌唱,所有的诗情只能缘于对生命的珍视和希望。如果一己之力能推高一个时代、一个社会、一个群体的道德标尺,就有理由忍受苦难,忍受一生不被理解的落寞。因而写诗不应该是一种生存方式,而应该是为了心灵的寄托。因此，诗人的创作，不能是无病呻吟，不能是闭门造车，而要用生命和激情感受大千世界，每一句、每一段、每一节，都是心的畅想和情感的律动。那是生命的呼吸，是灵魂的自由飞翔。诗歌与财富和利益无关，离楼房、轿车、美女很远，诗人要能守拙，自愿伏卧在嘈杂的社会底层，用真情感受真善美越来越狭窄的空间，宁愿独守着偏远和贫瘠，也不要在利益多元的冲突中失去生命固有的气节和从容。

二

诗不是宗教，诗是真善美的化身，是人性的体验和表白。琳琅满目的商品，气象万千的舞台，在信息化和市场化的当代，在知识爆炸和知识普及的今天，创作环境的巨变，意味着对诗歌价值的重新认定。诗人不能生活在自我封闭的圈子里，热爱诗歌更应该讴歌生命，不能把诗歌视为宗教，要适应时代的呼唤，要参与大时代的同频共振。所以，诗不可以有仇恨，不可以有血腥，不可以充满虐杀之气。诗不是茶余饭后的谈天说地，不是闲言碎语的堆砌，不是骂人脏话的罗列，不是怨天尤人的妒忌，不是小孩过家家的天真。也许是愤怒后的情绪宣泄，但字里行间却充满理性的思考；也许是酒后的狂言，但嬉笑怒骂似醉非醉之间，也一定是长期思考的命题。的确，不被人接受的苦涩，不被人认可的孤独，让诗人感到了前所未有的压力，但这压力却不是社会和他人强加的，只是因为诗人走进了自设的樊篱。虽然门槛外的风景依然美丽——那一座座名山，一道道大川，一片片柳荫，一只只飞翔的鸟儿……蓝天下多少怡人的景色美得让人心旷神怡！有的诗人却熟视无睹，看不到宇宙的博大与浩瀚，看不到生命的有限与无限，无法在自然与社会的交错中找准命运的落脚处。

不是诗歌没落了，不是诗人贬值了，而是人类正以自身无法预测的速度在变革。诗人和诗歌是这个大趋势中一个不可或缺的组成，保持相应的步调才能让诗歌之魂常青，才能让诗人不死。诗人天性中便具备真善美的素养，在思考国家、民族和人性的同时，无形中便多了一份悲天悯人的气质，他们可能以死控诉非人道的社会，却不会用恶毒的诗句，去诅咒这个众生赖以生存的世界。诗人观察社会和人生时，更多从浪漫的角度，哪怕现实是如此混乱不堪，甚至充满血腥和恐怖。他们会为污水中挣扎的鱼儿而感伤；会为尘沙遮蔽的天空中找不到归巢的鸟儿而迷惘；他们会坐在雨天的窗前看秋风落叶，并在无边的遐想中如醉如痴……

佛缘和诗意，是高悬星空的文明之魂，开启着人类深蕴的智慧和思想。写诗与读诗，创作与欣赏，都是生命的体验和创造。诗人向往青山绿水白云缭绕，即使被社会置于边缘化的境地，也要着力书写生命的每一次历程，着力提升自我的文化素养和思想境界。他们总是怀着对生命的敬畏，让自身的生命随诗的神圣而日渐高尚。相对于所处的环境，诗人面临着生存与坚守的双重选择，一些诗人把诗歌视为生命的起点与归宿，一边在复杂的人际关系中周旋，一边用生命放歌，如同农夫祈求苍天能够风调雨顺，诗人也祈祷上天，能让自己才思敏捷如大河奔流。诗人总会用局外人的心态，描述所有生命的存在，独自坚守着哪怕是最后一块道德阵地，用不同的侧面展现着人性中最良善、最美好的部分。

不是因为现代气息太浓，不是因为世界太过繁杂，只是因为纸醉金迷之中，人们也无意间丢失了诗魂诗意，找不到读诗写诗的冲动。于是，人们开始关闭心扉，拒绝用心灵回应世界的繁华与躁动。虽然大时代有太多可以放歌的素材：民族自救、人性解放、国家重塑、改革开放、社会转型……这些革命或变革所引发的人性思考，知识爆炸引发的世界文化的交流与冲击，一切都曾经或正在如火如荼地展开着，诗人不应该以此作为精神和心理的压力，而应该逆势而为，调整灵魂深处的生存旧习，改变旧有的思维定式，呼应大时代的风霜雪雨。虽然这种改变需要过程，但这一过程不能太久，以致需要以牺牲新的精神、新的文化和新的内在来完成。

三

古体诗没有走入历史，它依然华美得让人心神俱醉不忍释手。大时代也没有让古体诗如古文言一般，以一种文物的形式被珍藏，相反，当代的人们还会写出许许多多优美的古体诗，不但韵律铿锵，节奏鲜活，而且文采出众。飞速发展的时代倡导和需要与时代同频共振的文体，无论是古体诗还是新体诗，虽然形体不同，表达方式不同，但诗的灵魂、诗的意境、诗的包容、诗的高雅、诗的节操、诗的圣洁却是一而贯之的。而新体诗虽然深受西方诗学的影响，但对传统诗学的内在规律性却不可以熟视无睹，应该是唐诗、宋词、元曲去除格律和词牌等形式束缚后的自由拓展，外在上可以不受文字、句读的限制，但内涵上却不可以流于平庸。不能因为新体诗较古体诗简洁、通俗了，不需要韵律限制了，便以为诗歌真的可以走下神坛了，可以绝对平民化了。诗可以平民化地传播，让所有人都听得懂、看得懂，甚至也愿意或敢于写诗，但这并不意味着平民都可以写诗，写出来的诗都能够结集出版，都可以传播或流传。

诗必须是有形式的内容，但不能唯形式而诗；必须是有内容的形式，但不能简单地唯诗而诗，甚至不能唯好看而诗，唯好听而诗。好看是绘画的功能，好听是音乐的功能，诗必须是有思想和灵魂的，而这种思想和灵魂又不是低劣的、庸俗的，否则就成了庸俗的、不能拿上台面的“顺口溜”和“打油诗”，甚至是农妇骂街式的、怨妇家长里短式的、酒鬼醉话式的、精神病患者梦呓式的文体。真正的诗歌不是文字分行就行的：诗歌不是大白话的堆积，不是文盲的口语，更不是日记，记录白天黑夜的衣食住行、吃喝拉撒。诗是文学上的皇冠，虽然时代的进步，使诗歌不再有以前的辉煌，但诗歌毕竟曾伴随人类走过它的童年，并在人类的成长过程中，一直扮演着精神和心理调节器的作用，无论人类是苦是乐，无论遇到天灾人祸，还是生命的是是非非、人生的恩恩怨怨，诗歌总是在第一时间调节人类的生理钟点，让人们摆脱对大自然和自身的惊惧、怀疑和迷茫。

诗是文字的精练和抽象，是意境和情景，是韵律和节奏，是生命和哲学，是心理和灵魂，是不可随意获得的心灵感悟。它是山间清泉，是大漠胡杨，是高原雪莲，是大洋孤舟，是落日余晖，是生命物语……感动人的灵魂，震颤人的心弦。诗歌是文学的浓缩，诗句不但要凝练、简洁，而且需要诗人深刻的思想和广博的知识做铺垫，也许某首诗歌是诗人抑郁中的心理失控，但因为记下了对生命和生活的深层感悟，所以，那一句句或简洁、或繁杂的诗词也同样充满生命的启迪。

诗是艺术的语言表现和文字呈现，一词、一句不可复制，都具有唯一性，无论是抒情还是叙事，都要自然得体，不能为形式的好看而故弄玄虚，也不因为无话可说便罗列辞藻。诗歌是哲学的孪生兄弟，是哲学在文学中的艺术再现，是抽象的哲学，不可能离开哲学而独善其身。这就要求诗人相应地必须具备哲人的思辨力。这是诗学本身所具有的特性决定的——即诗歌形式的高度凝练性和高度概括性。诗歌不像散文或者小说那样可以具体展开，为某一事件、某一人物、某一场景进行大篇幅地叙述、描写和刻画，诗句既要简明扼要，言简意赅，突出重点，又要深刻凝重，入木三分，字字珠玑。当诗人进行诗歌创作的时候，无论体裁和内容喜欢与否，一旦提起笔来，就要将一切个人恩怨和是非放在一边，把个体放在客体的角度，放在要表达的事物的大背景中，用心去体察每一具体细节，努力梳理诗情和思绪，让诗意和情景相互衔接、融会贯通，每一句、每一段、每一节都有必然的逻辑联系，而不是在神思飞扬之后，忽上忽下，高山流水，南辕北辙。虽有画面却无意境，虽有风景却无美感，或恍若天书，佶屈聱牙，艰难晦涩，让人读之不知东南西北；或故弄玄虚，虽辞藻叠加，诗句华丽，却让人眼花缭乱不知所云。诗的最高境界是无文体约束后的天然诗情展现，不需要刻意地束缚于某一流派、某一文体，甚至把自已归于某一流派、某一文体。无论抒情、叙事、象征，无论浪漫、朦胧、淡雅，无论深刻、凝重、隐晦，只要符合诗歌的固有内涵，体现诗歌应有的意境，展现诗歌的真善美，就是好诗，就最终会被社会和读者接受。

这部主要由古体诗构成的诗集，是我在创作一定数量现代诗歌的基础上，对古体诗在现代语境下继续生存发展的探索式写作。我喜欢古体诗的厚重和博大，相信它的容量足以容纳现代社会和现代生活的方方面面。我相信古体诗能够“老树发新枝”，在自我更新的基础上重新发展，以一种完全不同于现代诗的体裁和形式绽放异彩。

诗歌永存，诗人不死！当代诗歌要回归应有的诗的传统地位，还有很长的路要走。所以，诗人在反省自身的同时，应该对当代诗歌艺术进行再加工、再创造、再升华，以期当代诗歌能以一种全新的形式和内涵出现在人们的视野中，再次唤醒人们对诗歌的关注和神往。

二〇一五年五月写于上海

序二：诗是什么

一个诗人，是一个渴望自由的人，一个想用诗句放纵天性的人。那不是三尺小屋的孤身独处，不是醉卧山林的仰天长啸，不是长发披肩的玩世不恭……那是月朗星稀之夜悠闲的漫步，是极地的探险、三峡的漂流，是大洋深处的孤帆远航……

诗不是酒后醉话梦中呓语，诗是人间大爱和生命的激情赴约，是大自然风光的集锦：那里有天外舞动的精灵，有森林中的百鸟朝凤，有山间流动的清泉，有芦苇荡划动的轻舟……诗是雾锁的楼台，是烟雨缥缈中的竹楼，是孤舟夜月的迷情，是一蓑烟雨的写意；是夜半煮酒的豪饮，是十面埋伏的琵琶声声；是白云深处的道骨仙风，是枫桥夜泊的愁思绵绵；是滚滚红尘中的灵山菩提，是漫漫长夜中的一杯红酒；是花前月下不得不诉说的情怀，是采莲人河边留下的一串清晰的脚印……诗人用真情体验诗性那无拘束的自在，让生命在世俗中绽放艺术之花。

诗不是毫无意义的词语叠加，不是琳琅满目商品的诱惑，诗是有血有肉的生命存在，是青山绿水和家国情怀的怡情——那不是被世人遗忘的角落，那里风景秀丽鸟语花香。诗人在用心灵说话，灵魂在自由的空间无拘束地翱翔。诗是一首动听的歌，诗是一幅绝美的画，是华丽表象与深刻内涵的统一，是春夏秋冬所有真善美的再现……

诗不是休闲时随意摆弄的魔方，不是烦恼时调节情绪的游戏。诗是理性，是操守，是高尚的品格，是柔情似水的爱的宣言，是佳期如梦甜柔的思念，是幽静山岗缥缈的笛音……诗是深藏的千年老酒，品不完的是岁月的厚重。那是大漠中不老的胡杨，生命承载着不可承受之重。诗不是被恐怖挟裹的黑暗，不是看不见天日的隧道。那是清早的一缕晨曦，是黄昏落日下的古群雕，意境悠远，意象深刻……

诗不是幼儿的咿呀学语，不是神经质的自言自语。那是充满七彩阳光的圣地，那里有万千玉女舞姿婆娑；那是一往无际的海洋，有数不尽的美味珍奇……诗是禾苗千顷百花满园，是翻滚的麦浪瓜果飘香，是冬日满地砸碎的阳光，是夏日荷塘的烟波浩渺，是春夜初上柳梢的弯月，是秋后枫叶绽放的酡红……

诗不是孤单，不是绝望，是成群结队找寻春天的飞雁。诗是精卫填海，是夸父逐日，是愚公移山；是观音，是妈祖，是雷峰塔下的白娘子，是不可以被遗忘的千古传奇……诗不是沉沦，不是颓废，不是人生苦短及时行乐，不是失去希望的自决。诗是大江东去的浪花，是三十而立，是四十不惑；是雨打芭蕉夜听窗雨的沉醉，是一夜创作后幽径孤独的漫步……

诗是大海汹涌的浪花，是天边滚动的浮云；是姑娘心中纤细的情丝，是小伙奔放爽朗的情绪；是母亲手中的丝线，也是父亲厚重的嗓音；是童年的笑语盈盈，也是长大后的无尽忧烦；是羞人而美好的初恋，也是婚姻中的酸甜苦辣；是亲人远行时的牵挂，也是离别后的无尽相思；是世事难料的一杯苦酒，也是金榜题名后的仰天长啸……

诗是秦淮河畔彻夜不息的灯火，是仕女手中弹奏的古琴，是大漠深处的绿洲，是夕阳下随心漂泊的孤旅；诗是雾锁楼台烟桥画柳，是丹心碧血巾帼柔情；是灞桥别柳送君千里的离情，是红杏出墙染绿春色的闹意。诗是李白，是杜甫，是九天银河飞流瀑布，是无边落木长河滚滚；是苏轼，是辛弃疾，是琼楼玉宇，高处不胜寒，是醉里挑灯看剑，沙场秋点兵；是柳永，是李清照，是杨柳岸晓风残月，是满地黄花堆积……诗是窦娥的三尺白绫，诗是邹延的六月飞雪；诗是梁山伯十八里相送，诗是焦仲卿孔雀东南飞；诗是孟姜女千里寻夫的坚贞，诗是杜十娘怒沉百宝箱的哀怨；诗是大观园的浮华如梦，诗是圆明园的残垣在冷月下的闪闪荧光……

诗是心，是灵魂，是生命的节奏和智慧的结晶，是情感，是思想，是理性的映射和真善美的雕塑;诗是梦想,是善缘,是真善美的艺术叠加;是个体生命的体验和存在,更是人类生命伦理的传承与觉醒。它不是历经万水千山还看不到尽头的跋涉,而是长征后延安窑洞的灯火,是鲜血染红的战旗,是嘹亮的军号,是催人奋进的战鼓声声……

这是一个充满大爱的世界,诗可以歌,可以怨,但不可以诅咒。诗不是贪得无厌的索求,不是冤冤相报的仇恨,不可以有自杀式的诱导,不能宣扬乱伦式的无序。诗可以是怒火的沸腾,但不可以是仇恨的渲染,不可以有生命的绝望。诗是一种和谐的存在,以真情串联天地人间……

这是一个充满大美的世界,生命中有着太多的感动。诗是一种适应也是一个过程,是一切适应和过程的见证。不论欢乐还是悲哀,用心体验每一细节,就能看到百花齐放春色满园……

二〇一四年九月写于安徽大学

第一乐章　我是诗人

我不是天外来客
我是被梦想缠绕的现实
诗人是我的名字
我所有的诗情　缘于
对生命的珍视与渴望

我 是 诗 人

一

我不是天外来客
我是被梦想缠绕的现实

诗人是我的名字
我所有的诗情　缘于
对生命的珍视与渴望
当我伫立高山之巅
俯瞰江河九曲回肠
我总会感叹生命的轮回与万世沧桑
我悲天悯人的心中装满期待
激动的心和灵动的笔
会在瞬间绽放生命之花

诗是我的心灵物语
写满我对生命的憧憬和现实的感伤
我写浪漫远游中的探险
也写现实生命默默无闻的操劳
我写千古华山一道的耿直

也写楼兰古城深蕴的禅机
我写泰山日出的惊喜
也写黄山松伸向远方的好奇
我写爱情写梦想
写灵魂的远航和休整的港湾
我写黄河写长江
写流淌亿万年永不止息的生命冲动

二

我不是为了生存而写诗
但写诗却证明了我的生存
我有灵动的思想需要抒发
我有飞扬的情绪需要表达
我有躁动的心需要寄托
还有无尽的离愁别绪
无数次的生命冲动
注定我一生不被理解的落寞

当一缕晨曦透窗而来
当不知名的鸟儿唱响一天的铃铛
当远处的机器开始轰响
我便抖落一夜的惺忪

用真情感动每一秒的时空

我看到七八点钟的街道人流如织
我看到上班的人们一脸灿烂
我看到那么多鲜活生命饱涨的激情
这是我无法回避的诗性
崭新的一天
多少生动的故事将要被创造
多少绝美的艺术将在此刻诞生

于是　我不想窗前独坐
我要走进大自然的每一处风光
用生命和激情感受大千世界
学老翁在柳荫下垂钓
看湖光山色诗情画韵
这里长虹卧波龙蛇飞舞
这里雪莲绽放胡杨痴情
这里枫叶流火醉偎夕阳
这里梅花绚烂雪地迷情
这都是必须表达的感动
无论是否有鲜花和掌声
都值得付出炽热的情感
让万千生命在诗的韵律中张扬

三

我曾怀着对生命的敬畏
写大时代的气象万千
写生命的跌宕变幻
生命的有限与无限
在诗的时空中交错
当我摆脱世俗羁绊纵情笔端
诗的旋律便在我的指间流淌

我不要笔名的隐晦
也不要诗意的朦胧
我要让生命的真实音韵铿锵
我要说出感动过的每一个细节
这里有读万卷书的心灵顿悟
也有行万里路的生命启迪

我不想我的诗句是宗教的箴言
也不要淡薄世俗嬉笑怒骂
我不要满纸仇恨弥漫的血腥
也不要混乱的思维引发歧想
我只要诗句的简洁纯真

让字里行间氤氲理性之美

我希望我的诗句如晨风晚韵
每一句对应一片山水
每一段写就一个传奇
每一节演绎一部历史
在一片意境悠远的审美中
能尽情编译自己的精神密码

这是诗意也是禅机
我火热的诗行涌动五彩
这里有烟雨巷油纸伞的牵挂
也有荷塘春色撩人的蛙声
这里不但飞溅山谷清泉
也流淌九天银河激荡大洋风云

汉唐的铁马雄风
胡人的金刀弯弓
莽莽原野　大漠戈壁
诗是嫦娥冷月的凝眸
诗是昭君出塞的寒凉
诗是丝绸路上散落的道心佛缘
是秦砖汉瓦五千年的风雨叠加

诗情流淌　诗魂凝结
不经意间
我成就了烟雨中独钓一江月
传奇老翁的淡定与从容

缘

西风吹秋菡萏老，
莲藕润雨出泥沼。
菊花香残月影冷，
石榴红透霜未消。
雀飞杨树唱晚韵，
南翔雁阵驭流云。
满山红枫隐古寺，
千年佛像老僧心。
三十年前码头旧，
残砖独守老河阴。
江水东流一轮月，
山高路远马绝尘。
渔舟晚渡一杯酒，
天涯孤旅日西沉。
梦里西游怀天下，
一箱经文诵古今。

长江（一）

江水东去逐逝波，
百流汇聚一天河。
险峰环绕龙蛇舞，
一泻千里水域阔。
风和日丽山色暖，
斜阳辉映古村落。
天桥横卧柳叶翠，
水气氤氲蒿草深。
竹林摇曳吹笛管，
雾松哗响两岸云。
山川锦绣千帆竞，
风景熟透百船游。
涛声驱浪戏流日，
千古人醉江水情。
江山如画人不老，
渔翁撒网摇轻舟。
船头独坐一壶酒，
独赏江日渐西沉。
逆流不觉源头远，
暮色烟笼大江堤。

长江（二）

江水绕山九回转，
娇燕轻飞绕船舷。
沧桑古津林茂密，
静寂村寨无闲人。
波光粼粼烟霞暖，
白云托日过山峦。
春风无意戏绿水，
杜鹃红透两岸山。
少女采茶南山近，
村妇浣衣山坳间。
惊鸿一瞥芙蓉面，
歌声缭绕江心船。
游客沉迷三月色，
神醉一山桃李艳。

长江（三）

踏波逐浪赏桃红，
景色千变一日中。
微雨才红石榴岸，
春风又新山下松。
风和日丽生醉意，
船行暮蔼赏千奇。
山花烂漫百草盛，
瓜果香诱野猴群。
云浮江面峰峦秀，
远山如黛倚长虹。
江水流波花剪影，
船过巫山贴壁行。
涡流击石龙鸣渊，
双峰紧锁一线天。
高山险峙日消影，
狼谷迷巷弯几重。
松生崖壁渗冷气，
苔藓腻人蝙蝠惊。
山势突兀水湍急，
曲径藏拙怪石立。

岩生古木千年久，
峰立苍鹰瞰山谷。
山水回绕竹林密，
孤舟蜿蜒过滩涂。
千回百转苍山老，
九曲回肠峡谷深。
随波逐流风雨后，
一轮红日照江心。

黄河（一）

一艘竹排一艄公，
一路长歌日边行。
九曲河道水湍急，
吆喝声透千里空。
飞竹戏水人雄健，
落霞染红水中天。
迎风劲草伏堤岸，
咆哮水击老河滩。
肆虐水患成往事，
霓虹照水高楼盘。
马路叠岸千车竞，
拦河大坝电机鸣。
沧桑地貌生万物，
葱茏林木两岸峰。
水流千里黄河老，
心随长风过云桥。

黄河（二）

大河奔流越千古，
逐浪淘沙竞群雄。
积土成堤水高悬，
忽如一夜龙腾渊。
西风扬尘云推雾，
苍鹰盘旋虎啸山。
月映河水万年久，
牧童吹笛曲依旧。

淮河（一）

弯月照水霓虹长，
小城堤坝人熙攘。
渔家船并三五里，
红绸舞动花鼓腔。
风吹柳絮薄如烟，
梨花迷情酒正酣。
车水马龙人影晃，
楼下船漂已数圈。
一餐游历两岸景，
阅尽人间三月花。

淮河（二）

纵情山水赏云风，
秋色无边我独行。
山野迷情十月晚，
江边滞留农家船。
水雾连天山同色，
红枫摇曳月高悬。
清茶一杯浅酌饮，
孤舟悠然过江心。

秦　淮　河

烟花照空三月晚，
秦淮河水依旧东。
楼台新似昨夜景，
江边停满五色船。
长桥龙飞锁堤岸，
霓虹流火夜不眠。
八艳[①]虽故名犹在，
琵琶声里歌正欢。

注释：①八艳：指“秦淮八艳”，是明末清初在南京秦淮河畔八位色艺才气俱佳的名妓的合称，包括顾横波、董小宛、卞玉京、李香君、寇白门、马湘兰、柳如是、陈圆圆。

苏　州

千年古城老河堤，
小楼偎柳景色奇。
宝刹庄严钟犹在，
河畔停满烟雨船。
吴侬软语带古韵，
青瓦人家小河西。
霓虹照水天同色，
满城金黄逐流云。
轻纱烟笼寒山影，
画舫凌波珠帘透。
老寺梵音回荡久，
水巷曲折月如钩。
桃花坞里寻唐寅，
琵琶声碎月朦胧。
兴衰沉浮人去远，
独留书香醉姑苏。

杭　州

钱塘大潮气如宏，
唤雨呼风走蛇龙。
磅礴气势溯远古，
流金长堤弯几重。
灯火耀城三百里，
龙井香飘老巷空。
沿街垂柳挂金梦，
断桥托浮天堂星。
三潭印月水如镜，
西湖荷醉诗人情。
雷峰塔伴白蛇老，
灵隐寺住千年僧。
烟桥画柳苏轼词，
精忠报国岳王冢。
悠悠往事人何在，
一曲琵琶月朦胧。

西　　湖

西湖繁华月满轮，
长堤涌动千万人。
断桥浮水照烟柳，
莲花绚烂古韵幽。
雷峰塔影弯几道，
蛙声唱醉湖面风。
小船悠然随天性，
方解白蛇世俗情。

江　　堤

烟花迷情仲夏夜，
清风送爽江边城。
树影穿月游人满，
渔舟光照水中天。
角亭坐看水帘幕，
神思飞越百千年。
老寺钟声依旧响，
张继[①]愁卧可曾听。

注释：① 张继：唐代诗人，著诗《枫桥夜泊》等。

登山者（一）

空蒙大山雪如银，
眼花缭乱峡谷深。
巨石满眼人匍匐，
峰顶直插千层云。
风啸苍茫人迹少，
纷乱世事身后烟。
为触苍穹傲天下，
不惜热血溅壁崖。

登山者（二）

千丈悬崖万仞山，
满腔热血向碧天。
览尽山川小天下，
挑战人心最高峰。
地老天荒仙何在，
风月无边我独行。
夸父逐日非梦境，
一朵祥云走神龙。

垂　钓

早赏烟霞暮观云，
小河垂钓日西沉。
满眼风光南山景，
菊香琴音诱人魂。
十里长廊花剪影，
道旁客店酒香浓。
一人独坐一壶酒。
酒酣银河钓金星。

山景（一）

天聚浓翠扮群峰，
地拢物华展魅容。
山色阴郁风渐满，
物塞空蒙月影迟。
水融春色温未尽，
气映霞云润有余。
钟鸣山寺惊林鸟，
云绕雨松暮色奇。

山景（二）

山雨淅沥水清澈，
风推流霭花已疏。
婆娑野草随风劲，
玲珑杜鹃歌山谷。
雾松迷情拂烟柳，
飞瀑声穿苍林空。
清风摇曳生晚韵，
雨后山峦景似书。

山景（三）

苍莽林海雨后烟，
一缕长虹架峰峦。
早看日出穿霞雾，
暮览斜阳坠青山。
高山流水聚仙客，
风景独汇一线天。
人满为患山间景，
沧桑几度和平年。

山景（四）

雨润山川气色满，
激荡流云锁峰峦。
雾霭拈指轻如纱，
氤氲缭绕荆中花。
松竹摇风驱寒气，
梅散流香探春音。
风光无限天路险，
迷情游人醉青山。

山景（五）

千丈峭壁耸霄汉，
万顷松涛天籁音。
山光水色迷津渡，
峥嵘峰峦雨后绝。
奇石突兀留倩影，
古树沧桑人盘桓。
梦里不觉青春老，
一弯流水洗征尘。

山景（六）

山路盘旋人行远，
揽梦游客多如潮。
人行阶前步履涩，
曲径通幽水回环。
落花满眼挥不去，
竹叶撩人醉欲眠。
千古风情待人解，
独留一山月影斜。

山景（七）

暮色楼台烟雨巷，
小桥流水画中人。
山路崎岖迷弯道，
竹林静幽藏坦途。
霓虹灯燃天上月，
晚钟哗响山林松。
和月无人记归路，
湖光山色总怡情。

游张家界（一）

千峰峥嵘苍山老，
风景独步罩星云。
瑶池浴酒神仙醉，
一抹山水万象身。
千年狐仙情未了，
阿凡达[1]生古湘西。
千折百回盘山路，
十里画廊魅影奇。
武陵源聚八方侠，
黄龙洞藏地宫珍。
孤峰托日竹林秀，
天门山住百年僧。
苗家女儿织玉锦，
黄石寨上茶香浓。
大庸沉寂千年久，
一朝梦醒终申遗。

注释：①阿凡达：电影《阿凡达》在张家界取景。

游张家界（二）

云遮雾绕山色奇，
病身无碍山道曲。
几十里路景观带，
徒步穿梭怪石群。
回望当年从军路，
苍山深处雨如幕。
一把红伞心不老，
清溪濯足戏虾鱼。

游张家界（三）

苍山如幻云绕雾，
怪石嶙峋山突兀。
雨后松竹清亦秀，
一潭金水沐斜阳。
绝壁孤松卧青鸟，
缆车俯瞰峡谷深。
独立高阁群山小，
问仙居处了无音。

凤凰古城

古城偏僻湘西远，
蓝天无尘碧水染。
竹楼木屋挂堤柳，
桥横亭阁傍渔船。
半江金辉霓虹醉，
幻宫迷塔月高悬。
十里梧桐凤凰影，
一弯虹水千秋城。

江南水乡

阡陌纵横禾苗绿，
车过嘉兴飘细雨。
弯桥如梭织河道，
老翁操舟网虾鱼。
暮色烟笼小镇晚，
华灯初上山色奇。
一片竹林一池水，
无岸荷花醉行人。

嘉 兴 南 湖

嘉兴红船漆如新，
湖水清透浮白云。
岸桥松竹静亦穆，
岁月无痕说古今。
客游湖面黑鹅舞，
芦苇摇曳鸣长风。
回望当年惊心事，
一山烟霞锁长空。

上海港（一）

融通四海物流忙，
港口巨轮排成行。
勤奋创新生财富，
海纳百川聚贤良。
家国情怀大世界，
百舸争流遍大洋。
公平竞争业有序，
锻铸天下第一港。

上海港（二）

江水如烟山似画，
几度风雨商旅船。
弯月艳照水千里，
氤氲长河夜不眠。
集装箱卸码头乱，
汽笛声碎老城堤。
远方游客踏青早，
黄浦江上览古迹。

南 京 路

一夜秋雨天如镜，
朝阳艳照少杂尘。
红男绿女花似海，
满街商店悬旌旗。
和平日久生幻境，
各色人聚心不同。
商品交流物有欲，
利益取舍定友朋。

上 海 外 滩

外滩明艳百年久，
黄浦江水向南流。
新楼旧貌明珠在，
星光闪亮十里城。
华灯初上故乡远，
万千游客聚长亭。
歌舞升平人心醉，
满江霓虹月正明。

上 海 夜 景

高楼灯闪霓虹长，
车流无奈游人忙。
歌随流云穿城巷，
江水照月曲悠扬。
时空迷蒙人影乱，
狂欢正值夜未央。
长梦无痕冷夜暖，
几度春风醉红墙。

杭州湾大桥

长虹卧波架金桥，
绵延百里路遥迢。
铁索环扣礁石链，
钢钎盘锁南北岛。
龙腾深渊迎新日，
鲸舞海湾逐浪高。
渔舟晚渡旧时梦，
霓虹照水车如潮。

游轮（一）

江流舟自横，
霞散牧童游。
山松舞落日，
鸟归立梢头。
老桥垂枯柳，
新月照群舟，
渔家夜炊晚，
灯红两岸楼。

游轮（二）

千流并入海，
夕阳照晚秋。
山隐佛心静，
船过江中亭。
风吹雁阵急，
云涌寒气浓。
日落人独立，
霞映两岸红。

游轮（三）

月出海面天同色，
脚下游轮穿波行。
空蒙四野隐万物，
满舱寂寞淡无奇。
身无双翼展壮志，
岸远无奈少知音。
一舟共济千人在，
沿途感受互不知。

游轮（四）

礁石盘卧海疆阔，
游轮飞渡乘长风。
普陀佛音声渐远，
孤岛僧侣隐约见。
鸥鹭绕飞人喧闹，
出海红日照船舷。
昨夜春风忽一梦，
旧庙古画老寺钟。

海　　峡

风推千层浪，
灯闪万月明。
船行水不动，
满载故乡情。
月沉彼岸远，
弦哑无人听。
海波逐乡音，
关山几万重。

山　路

崎岖山路天已晚，
驱车坐看松无边。
竹林哗响生醉意，
满目春色摇青山。
山谷落日染紫雾，
缭绕祥云接碧天。
心存大爱四美聚，
走马观花景如幻。

旅　　游

人流如织山色奇，
梦幻景点多古迹。
一天走遍大小山，
方知世间藏珍奇。
山巅曾笑天下小，
自信雄心比天高。
时过境迁春不在，
秋风起处物萧条。

灵璧石（一）

葱茏林木锦绣峰，
变化不与四时同。
冷月光照山林暖，
平川暗藏万古奇。
鹰击雁飞磬山云，
虎步龙行渔沟湾。
百花争艳人行健，
清渠穿城灵石盘。

灵璧石（二）

钟馗画像虞姬容，
灵石常伴巾帼家。
千年璧都流芳韵，
厚土深埋奇石城。
凤凰涅槃淬烈火，
亿年熔岩塑金身。
江流千壑生万物，
地藏万水聚玲珑。

灵璧石（三）

风吹流云秀月影，
山色独绝桂林城。
汴水绕堤生古木，
残阳时敲老寺钟。
鸡鸣桑树不觉晓，
狗吠深巷月朦胧。
农家庭院笙箫舞，
小桥流水江淮风。

灵璧石（四）

灵石百变各自奇，
似仙似岳似珍禽。
喜鹊吟语梧桐树，
娇燕筑巢老屋梁。
鸭鹅戏水芦苇荡，
蛙声唱响田间沟。
弯月照影磬山石，
星光缭乱周寨桥。

灵璧石（五）

浮磬声色天铸成，
帝王贵胄情独钟。
瘦绉透漏丑拙怪，
鬼斧神工无琢痕。
岁月易老人独痴，
千姿百态无价身。
有缘沽酒聚灵璧，
品石何须愁千金。

灵璧石（六）

东风暖吹汴河堤，
新筑园林藏奇珍。
巨石耸立迎宾客，
画廊亮展古城风。
璧玉溢黛柳滴翠，
唢呐声里斜阳醉。
三绝天下奇丑美，
高山流水等知音。

海　　啸

大山耸峙海平阔，
水天千里同一色。
礁石突立千帆竞，
浩渺大洋意境远。
沙白天蓝游人醉，
万人畅享和平年。
沧海桑田忽一梦，
海天无兆起波澜。
地质异变海床震，
电闪雷鸣骤雨来。
岩浆喷涌升浓雾，
滚滚烟尘冲海天。
烈焰灼空新岛起，
天崩地裂水回旋。
日月隐形天不见，
风推浊流滚滚前。
摧枯拉朽三千里，
一望无际浪滔天。
飓风劲吹生海啸，
大洋摇晃火蒸云。

鸥鹭触波折双翅，
水炽无物可幸存。
汹涌潮水穿街过，
高楼崩溃地陷沉。
舰船倾覆难载渡，
千村万落无生痕。
灾难深重上帝远，
混沌无人补天窟。
生灵涂炭物种绝，
江河肆虐回远古。
山倒海倾葬万物，
天地窒息四季无。

雪 崩

胜利在望梦正酣，
劲风啸吹雪花旋。
日月消隐天地暗，
冰墙轰然坠眼前。
山崩地裂岩壁倒，
滚雷声震千里遥。
雪裹巨石降九天，
气势如虹万丈烟。
天河飞溅鱼龙跃，
呼啸扑面刀剑风。
瑶池玉碎金殿坠，
苍茫群山白石飞。
如泣如诉云推雾，
灰升烟腾地狱焚。
沧海桑田忽一梦，
悲欢离合世俗情。

第二乐章　乡愁

谁的祝福
绽放了今夜的星空
让满天的烟火璀璨
谁的相思
如暗夜春江的倒影
让灵动的晚风迷情

乡　　愁

谁的祝福
绽放了今夜的星空
让满天的烟火璀璨
谁的相思
如暗夜春江的倒影
让灵动的晚风迷情

幻景悠然
荡漾河岸的柳梢
长堤的灯光迷离
雾化了小楼的窗口
一缕荷香如烟
装点了谁人的梦乡

小河无声
流淌灯火两岸
石板桥青苔滴翠
摇荡的轻舟
笛管悠扬
谁船头站立

一抹剪影
浸润在夜色的朦胧

远山如黛冷月流金
琉璃交错水气氤氲
摇曳的灯火迷离
错乱了谁的思绪
真实与梦幻穿越
漂移了谁的痴情

山间女孩

幽静的竹林
你的羊角辫轻轻甩动
斜斜的背影穿梭其间
浪漫了大山的孤寂

天真的童趣
写意着自然的质朴
清纯的笑脸
感动着远来的陌生

略显破旧的花裙
舞动身边的落叶
似凋零的秋日中
一枚枫叶的火红

走不出深山的封闭
你的游戏
只能在松竹间局限
不知道摩天轮的神奇
不关心迪士尼的科幻

每一天的笑声
只在竹林间飘转

竹叶抚动你的发梢
不似舞蹈的动感
却撩乱了大山的沉寂
那是别样的风景
你无邪的美
似流动的清泉
不经意间点亮了山的幽暗

从军（一）

九天寻梦驾战鹰，
为国携笔筑长城。
耐得寂寞铸利剑，
猎猎战旗男儿风。
百变疆场蓝天阔，
终有强者留其名。
翱翔万里怀天下，
一腔热血家国情。

从军（二）

胸怀天下学子梦，
一念壮志欲凌云。
爷爷故事新亦老，
心中时感先辈恩。
多少屈辱连血泪，
浇铸今日山河稳。
家国危难青年在，
一片赤诚战士心。

从军（三）

国富民强时代新，
边疆危机依旧存。
多少青年怀天下，
从军何须问出身。
抛下奇装异服美，
一身迷彩穿山林。
枕戈待旦驾战鹰，
只等出征军号声。

从军（四）

少年立志报家国，
一身戎装二年多。
无悔军旅每一步，
成长伴随海疆阔。
肩臂黑红枪炮重，
心有大局诸事轻。
莫道年少心气躁，
战争临近不惜身。

从军（五）

一时好奇穿军衣，
正当国富民强时。
进得军营驾战车，
方知边疆战事紧。
和平珍贵勇士在，
满腔热血染征尘。
为报战旗声猎猎，
多少军人骨肉分。

边疆哨卡

冷风吹雪百草枯，
满山松叶有似无。
雪断千山人行少，
远峰碑刻中国红。
兵士边疆守哨卡，
手握长缨镇苍龙。
岁月沧桑心不乱，
一轮明月照边城。

边　　疆

蜿蜒长城龙凤舞，
大河绕山峰连雾。
天涯孤旅人不寐，
夜半灯照故乡云。
春草绿透苍山晚，
梨花香染兵营魂。
月明柳梢家何在，
一杯清酒伴窗台。

天　　性

山色绮丽铸心性，
大漠孤旅有仙踪。
坐看日落暮色晚，
行随流云唱大风。
腊梅香残冷对月，
松竹无欲伴苍鹰。
我辈习性立峭壁，
平野难收桀骜心。

岁　月

蹉跎岁月杯中酒，
江上明月照千秋。
枯柳坐等春风迟，
高山流水知音少。
谷深不解峰峦秀，
平淡人生少传奇。
昨夜长歌今日醉，
往事如烟梦未醒。

根

凤飞千树落梧桐，
龙翔九天栖潭渊。
雁阵南飞寻故地，
归燕筑巢念旧恩。
叶落百层积厚土，
斗转星移绕乾坤。
千里游子风筝泪，
一线牵扯两地心。

夜　雨

夜雨连天人不寐，
窗前独奏琵琶弦。
烟笼小城风渐紧，
街灯迷离久不熄。
千古黑幕无人懂，
乡愁何处有月明。
静寂万物藏风雨，
菩提无奈世俗情。

母　　亲

岁月沧桑如转轮，
忙完儿女忙长孙。
一年三百六十日，
家中无事不操心。
儿行千里放不下，
眼角悄侵三重纹。
窗前独坐补衣袖，
院中狗吠伴月明。

安大秋晨

书院门前菊香浓，
秋风送凉问津楼。
鹅池悠然漾古韵，
荷香醉飘老校空。
小桥流水伴翠鸟，
琴房音绕塘角亭。
早起学子忙读书，
毕业临近不等人。

图 书 馆

樱花红透半壁墙，
初阳临照学子窗。
逸夫楼前人熙攘，
正是读书好时光。

晨　练

夜雨初晴柳叶黄，
天鹅觅食戏池塘。
红绸劲舞晨练早，
乐曲推开学子窗。

鹅　　池

柳梢渐绿初春寒，
梅香未收夕照晚。
池水倒映佳人面，
蹒跚鹅群归竹园。

问　津　楼

烈日艳照柳荫浓，
鹅池菏花醉长亭。
问津楼内夏如春，
几人读书惜光阴。

古　　桥

古桥沧桑人独立，
老树横水戏晚晴。
斜阳穿林拂堤柳，
新月初临大学城。

竹　影

竹影婆娑杜鹃红，
晚风暖吹山林松，
蝉鸣柳梢伴归鸟，
落日摇晖满江空。

大　学　城

陌生新奇大学城，
樟香回流江淮风。
乱景撩人装满眼，
渐忘思乡郁悒情。

新　校

新校远城地偏疏，
楼群相接阡陌横。
辽阔院址通南北，
关锁乡愁千万重。

逸　夫　楼

中秋月照逸夫楼，
窗外竹影摇车流。
隔家千城光不渡，
书页缭乱满乡情。

夜　　读

西风潜窗乱翻书，
百无聊赖依床读。
新月不送故乡景，
同学相对无言中。

荷　塘

荷迎落月生暗香，
蛙声撩夜醉书窗。
疲惫流萤打竹叶，
布谷无奈乡愁长。

除　夕

除夕街空月不明，
万家灯映满城红。
游子离荡千里外，
窗下琵琶少和声。

毕 业 临 近

西风吹冷倒春寒，
月夜踏雪访梅残。
忘情不识春归早，
问津阁前意茫然。
毕业临近书影乱，
春花明月全不见。
青春未老心已暮，
满城灯火入梦难。

学　　子

老僧坐禅为修行，
学子读书求功名。
无对无错无恩怨，
明知黄粱难解脱。
不知明月转几回，
蹉跎岁月年复年。
功名富贵因果少，
刺股悬梁圆梦难。

春节回乡

春风不染柳条枯，
路旁积雪润梅红。
车行千里归家远，
一骑绝尘红粉情。

新 农 村

日照小城秋意浓，
一片果园小河东。
菊香枫红仓廪满，
小儿嬉戏鸡鸭鸣。
车过村前听狗吠，
水泥路映夕阳红。
柿子金黄槐树老，
翁婆对坐话余生。

团　圆

落日霞染半江红，
除夕将至百街空。
团圆人聚一餐饭，
万千乡愁酒樽中。

游　　子

残阳斜照小城空，
长街雾笼车流行。
岁末游子归程晚，
心似飞箭人伦情。

新　年

千家辞旧庆新年，
百街流火夜不眠。
老翁弯腰亲持杖，
儿童欢喜忙点捻。
烟花绽放吉祥夜，
爆竹声震老巷口。
祖孙共历和平景，
心情感受大不同。

兄　　弟

兄弟本是同根生，
风雨同舟一路行。
光宗耀祖同一梦，
不离不弃一家人。
硝烟散尽故乡在，
叶落归根游子魂。
岁月沧桑性难改，
一捧黄土百年情。

志愿军（一）

硝烟散去风物寂，
墓园寥落行人稀。
街头万众人忙碌，
几人记得志愿军。
一穷二白家国旧，
难解因何不惜身。
民族危亡男儿在，
爱恨情仇烈士心。

志愿军（二）

和平日久记忆老，
酒绿灯红日月新。
硝烟散尽几人在，
鸭绿江飘英雄魂。
家国锦绣乾坤朗，
世界大同地球村。
向使当初人惜命，
哪得今日山河稳。

志愿军（三）

抗美援朝战事远，
是非恩怨欲辨难。
多少爱国英烈死，
梦魂常牵故乡云。
异域石冷埋骨久，
清明孤寂月不明。
边界繁华人熙攘，
几人追思悼英灵。

自画像

独坐书房夜已深，
对月酌酒过半斤。
窗外街灯摇春柳，
恍然梦里故乡云。
年近半百易怀旧，
异乡为客少知音。
情何以堪父母老，
昏然不觉白发新。
自问历经无数事，
爽朗不曾悔半分。
潜心读书千万日，
虽无幸福少饥贫。
梅花香笑窗外月，
松竹摇风天籁音。
诗书浸润生豪气，
妙笔写出千古文。
走遍南北东西地，
阅尽天下各色人。
铁肩有幸担道义，
爱心染绿身上衣。

危难时刻见真义，
成败自在英雄心。
历经风雨筋骨健，
沧桑世事阅历深。
两袖清风人未老，
热血铸就军人魂。
山川锦绣人豪迈，
龙马精神啸乾坤。
侠肝义胆少年志，
气壮山河烈士心。
嬉笑怒骂一杯酒，
酸甜苦辣品古今。

品　　性

我与苏轼有约定，
纵横诗情山水间。
流年似水非蹉跎，
人生几度可悠闲。
远离是非存天性，
快意恩仇少逢迎。
酒杯在手心无欲，
仰天常笑蓬蒿人。

第三乐章　爱情是什么

爱情是什么
爱情是佛心
是前世千百年的修行
才换来的今生相聚

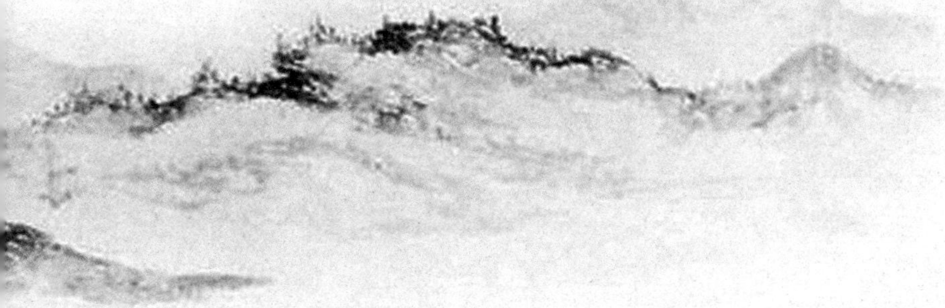

爱情是什么

一对老人相对而坐
超脱世俗的爱欲
默默的是相互间生命的托付

安详恬静之中
是彼此的心灵感动
这是佛的禅机
也是生命哲理
浓浓的爱在彼此心间流淌

爱情是什么
爱情是佛心
是前世千百年的修行
才换来的今生相聚
那不是擦肩回眸的邂逅
不是一见钟情的冲动
一生一世的细心呵护
才有今天白发相对的安然

这就是爱情
不需要如火如荼
不需要感天动地

彼此一个眼神　一个微笑
便知会对方的所思所想

这就是爱情
平静安详　朴实无华
一生相守　无怨无悔
他们用一生的忠贞
诠释了爱情的真谛

什么是爱情

多少次梦中相见
你是那不可预知的遥远
多少次设想你的容颜
茫茫人海哪个是你的存在

前世多少次的相互凝视
才换回今生迟到的熟悉
在那个梦幻的雨夜
阴差阳错地相见
炽热的情点燃了夜的冷
彻夜长谈是相见恨晚的慨叹

一缕轻风透视着幻景
吹动风铃
奏响了谁的琴弦
那一夜的那一刻
谁的誓言随风流转
谁的心澎湃着远航的帆
要让灵魂起锚

长长的雨夜　溶解了
隔世千年的陌生

没有月亮的夜晚
谁点亮了雨后的晴空
滴落在荷叶上的水珠
为谁舞动浪漫
满池蛙声撩人的诱惑
谁窗前羞涩触动了心弦

推开被雨水打湿的窗
一道炫目的闪电
照亮大山随风摇曳的松竹
清泉流淌着落叶
敲响远处花草的宁静
那一刻是谁的柔情
温暖了潮湿的寒夜
是谁不经意的碰触
解密了前世约定的谶语

窗外的竹林在冷风中哗响
是谁的心打动了流云
谁的故事在风中流连
日出东方的晓白
尴尬了谁脸上的酡红
让过去的长夜浓缩成深意

思　　念

草长莺飞春色深，
桃花正艳月满轮。
心有千结待人解，
君在他乡可感知。
新婚初别整二月，
为谋生存各东西。
一片月光一抹泪，
长梦如烟说相思。

茶　园

林木葱茏山峦静，
一抹白云浮长空。
夕阳斜照村寨雅，
潭水清澈风景秀。
农家女儿采茶叶，
花巾丽容两相映。
少年果园殷勤久，
一曲情歌唱不休。

初　　恋

满山果树清香浓，
月照村前小河东。
少年男女相依偎，
诉说前生不了情。
青涩情怀入世浅，
竹叶低垂花含羞。
柔情蜜意盟誓久，
情炽无奈时光流。

相思（一）

霸王别姬伤楚音，
相如夜赋文君歌。
风花雪月烟雨巷，
多少男女坠红尘。
西厢有缘百年好，
断桥无奈白蛇老。
西风瘦马云落处，
爱恨情仇何时了。

相思（二）

离愁别绪灞桥柳，
情到浓时天地倾。
晓镜妆成懒无力，
时况不与晚梦同。
日月无意穿针线，
关山隔君千万重。
窗外月明人俏立，
清风不解玉人情。

相思（三）

迟疑山花久不开，
四季冰结不转轮。
老寺钟声透旷野，
小院寂寥悄无音。
萧瑟西风打窗叶，
冷月潜夜寐难成。
多情谁似公园鸟，
为报日升早出巢。

相思（四）

清风户外戏绿草，
池塘蛙声日渐高。
桃花红透小庭院，
春归娇燕筑新巢。
山道崎岖九回转，
桥头柳梢吹绵早。
今夜月下影独只，
杜鹃声碎天欲晓。

相思（五）

冷月皎洁傍西窗，
清风送凉潜入床。
夜半静坐懒读书，
春意阑珊灯火长。
电波无奈山水重，
人行千里音信少。
百无聊赖倒春寒，
青丝渐随月光绕。

相思（六）

日月渐行远，
窗台花已疏。
昨日伊人面，
今夕两地情。
光阴无处留，
月上柳梢头。
虫鸣惊晚梦，
醒时夜已明。

月　　季

月照千城同一色，
烟笼万家梦不同。
谁家女儿倚窗立，
相思如水梦未了。
去年月季新栽就，
而今花开枝已高。
多少情思寄花语，
累积成书待明朝。

美人殇

西施无辜逢勾践，
人中吕布戏貂蝉。
红颜无奈乱世劫，
铜雀楼锁香魂瘦。
昭君出塞家国殇，
秋瑾长剑壁上响。
多少巾帼英烈女，
壮行羞煞男儿身。

姻　　缘

姻缘从来天注定，
许仙邂逅白蛇情。
张生有缘遇红娘，
山伯不幸月老昏。
嫦娥孤独舞明月，
聊斋灵狐报君恩。
灯火阑珊人何在，
苍茫人海难逢君。

知　　己

细雨绵绵春意浓，
江天一色烟雾中。
杜鹃花红石榴岸，
荷池唱醉柳叶风。
松竹和鸣山林雅，
小桥水流鸳鸯情。
我非岭南独鸣鹤，
孤雁高飞伴月明。

思　春

梨园花开千树白，
暮色斜照人徘徊。
谁家女儿依孤枝，
一把胡琴曲调哀。
蜂鸣花叶鸟低飞，
时空凝滞风悲摧。
不知伤心为何物，
皆因黛玉葬花吟。

春　　节

小楼无奈西风劲，
窗外梅花败又开。
夜里无眠天已亮，
推门大雪涌眼前。
夫婿打工千里外，
春节临近尚未还。
小儿羡邻扯衣袖，
追问阿爹几时回。

王 宝 钏

相国小姐王宝钏，
娇艳丽容醉长安。
王孙贵胄争相聘，
无奈伊人瞧不见。
梦里佳婿撩心境，
百里挑一寻觅难。
上山敬香拜佛祖，
祈求愿景早实现。

山路崎岖人迹杂，
盗贼劫持花影颤。
幸遇乞丐薛平贵，
救下丽人渡厄难。
野荆乱藤雨淅沥，
山洞留宿许誓言。
欢喜不知山外事，
相见恨晚定姻缘。

初阳渐暖山谷晴，
流光飞度不觉晓。

分别渐近心意乱，
梦境不知何时圆。
私订终身事体大，
门第相隔万重山。
相府庭院深似海，
天定姻缘难随愿。

秀楼招亲抛彩球，
乞丐武功冠群英。
郎才女貌心相印，
梦想即将成现实。
可怜世事难预料，
相国刁难无人情。
百般推诿拒认证，
瞒天过海赖婚姻。

宝钏性情烈如火，
誓死追随心上人。
父女相持不妥协，
天色阴沉雨意浓。
慨然与父三击掌，
不取功名不回门。
抛却凤冠霞帔饰，

昂然嫁作乞丐妇。

寒窑风冷雪花舞，
新婚仪式简约成。
乞丐讨得百花戴，
自制车轿迎新娘。
洞房破败能避雨，
竹帘虽旧能遮羞。
心中有爱生温暖，
清汤冷饭人自在。

父女恩断情义绝，
从此生死不往来。
乞丐感念红颜恩，
挑灯夜读求功名。
习得治国安邦策，
练就一身绝世功。
文韬武略终修成，
只待天子征召中。

西凉起兵玉门关，
长安城内人心乱。
红鬃烈马难驯服，

乞丐巧力赢众军。
圣赐玉马拜先锋，
前线御敌报家国。
寒窑作别娇妻情，
披坚持锐战沙场。

铁马雄风震边关，
英气常令敌胆寒。
罢兵言和普天庆，
军营长夜醉歌舞。
忠心无奈遭人算，
毒酒一杯天地旋。
马负英雄逃劫难，
谁知一去十八年。

白马夫婿气轩昂，
携手回家见爹娘。
宝钏梦中苦坚守，
坐等功成名就郎。
江流石转天地老，
晴天霹雳降寒窑。
不信夫婿阵亡死，
夜夜门前坐天晓。

春风不度窑洞寒，
墙破洞漏鼠乱窜。
山野狗吠人惶恐，
冷风吹打旧竹帘。
月光斜照枯叶柳，
钗鬓缭乱无心梳。
床前旧衣洗还在，
新郎身影迟疑来。

岁月荏苒君不还，
凄怆度日日似年。
花裙渐破玉肌污，
千金终成乞丐妇。
门前种地收不成，
野林觅食难度冬。
饥寒交迫无奈何，
孤苦伶仃伤心人。

多情谁似王宝钏，
独守寒窑十八年。
不信丈夫死讯真，
乞讨为生等君还。

阴差阳错夫妻劫，
天灾人祸无处躲。
丈夫西凉成驸马，
相隔天涯音信绝。

含辛茹苦守真情，
感天动地福报身。
风随流星传佳讯，
凤凰涅槃待腾云。
商旅传信西凉地，
日夜兼程觅知音。
蚕蛹成蝶蜕变日，
便是夫妻相聚时。

当年行乞人潦倒，
谁知曾是皇子身。
任人欺凌求自保，
只因身在贫寒门。
蹉跎岁月磨意志，
千难万险聚功德。
锦色华盖穿长安，
阴差阳错众人惊。

窑洞门前人如潮，
欲睹王后尊贵容。
彩旗飘扬车如流，
凤銮龙辇迤逦行。
锣鼓喧天气如虹，
患难夫妻见真情。
多年苦难修正果，
虔诚乞丐终成佛。

百年真爱

世事无情常变幻，
赣南苍山依旧绿。
百岁老人门前坐，
八十一年未动身。
村口杨柳绿又老，
山坡杜鹃红变枯。
当年阿哥参军早，
挥手一别再无音。

夫妻恩爱情义浓，
两小无猜订终身。
月下曾许千般誓，
海枯石烂不变心。
稻花烂漫相思景，
桥头夜月爱未消。
多年风雨多年泪，
少女青丝变白发。

手中丝绢黄又旧，
身上常穿旧时衫。

村口摆下瓜果茶，
每见行人问红军。
时常感叹学识浅，
阡陌纵横离家难。
想写书信不识字，
人前羞于说心怀。

阿哥报国明大义，
危难时刻敢献身。
长征未捷身先死，
湘江水染英雄血。
无名烈士满征途，
青山何处葬忠骨。
梅岭少年百千万，
马革裹尸几人还。

战事连年不停息，
天灾人祸频降临。
几度战火烧村寨，
滞留满山血雨腥。
梦中阿哥魂不见，
山重水复寻觅难。
老槐树下梦不老，

芳心飞越山外山。

荷塘莲藕腐又生，
山前绿竹细变粗。
岁月荏苒无四季，
春夏秋冬一样情。
门前老屋变新楼，
身下坐凳光又秃。
月下少女变老妪，
清风不传阿哥声。

悠悠长梦终不醒，
老人坐化百年情。
几多辛酸几多甜，
一生一爱心不移。
人未归还目不瞑，
手中紧握红肚兜。
心随千里伴君死，
孤苦伶仃孑然身。

第四乐章　我只能在明天爱你

我们的相遇
不是在一个成熟的季节
春天很美也很现实
众多无法说出的缘由
让我只能在明天爱你

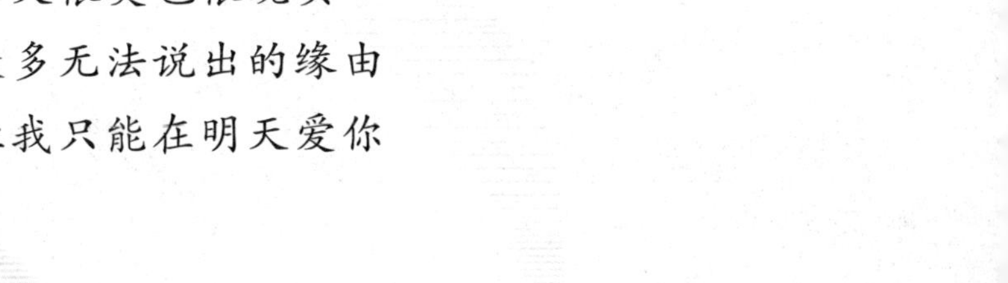

我只能在明天爱你

我们的相遇
不是在一个成熟的季节
春天很美也很现实
众多无法说出的缘由
让我只能在明天爱你

这不是我想要的结局
虽然对你的爱一如既往
但今天太多的牵挂
让我无法将天平倾斜
应和你期许的目光

今天不是谈情说爱的日子
太多太多的生存问题
塞满我的日程
我有许多个必须在今天停留
尽管我是多么地不愿
不愿懈怠你的柔情
让你在孤单中
守望我明天的爱情

今天是我必须付出的日子
我已经把生命的全部
分配给了所有需要的关注
我没有时间劈柴喂马
没有闲暇海边怡情
我不属于春暖花开的浪漫
我是精卫填海的执着与操劳
我用心丈量着今天的每一寸土地
疲惫塞满生命的每一处空间

我已把所有爱的元素
均匀地洒在今天的分分秒秒
我要在短暂的一天
完成前生积聚的善缘
当一缕晨曦透窗而来
我期待一个无人打扰的明天
可以与你结伴远游

明天　也许是个好天气
我将放弃昨日的忧烦
全副身心地与你约会
带你去大洋深处泛舟
去昆仑之巅采撷雪莲

去南极的冰面戏耍企鹅
生命与爱情融为一体
我们被浪漫和幸福包围

我真切地期待着明天
那时的我
要在海边为你筑起一座美丽的宅院
那里鲜花盛开绿树成荫
和煦的阳光　金黄的沙滩
我们的爱可以无拘束地放飞

遥想明天的绚烂
我今夜无法入眠
我已经在来时的路上
洒下了玫瑰的种子
如果今天阳光灿烂
明天必定会花海如潮

初　　春

昨夜酒醉梦不知，
门前菊花萎又绿。
月季花蕾滚朝露，
杏花妖娆开满树。
枇杷初结青涩果，
闻香蜜蜂飞成群。
一夜春风雪不见，
柳枝拂水荷叶新。

暮　　春

小河清幽柳叶低，
谁家女儿倚桥立。
红裙绿袖春意满，
山川静雅雨后寂。
旷野闲散无喧嚣，
老翁垂钓小河西。
蜻蜓戏水莲蓬醉，
一山青黛斜阳里。

早　春

柳枝轻摇飘飞絮，
春归娇燕啄新泥。
河水清澈鸭浮卧，
老翁长竿钓虾鱼。
蜜蜂嬉戏油菜地，
杜鹃染红两岸堤。
行人迷情三月景，
驻足留影赏新奇。

春（一）

春寒雪未融，
朝阳暖薄冰。
旷野萌嫩绿，
湖面鸭抖绒。
山竹摇夕照，
落霞醉苍松。
水润石桥壁，
草惊冬眠虫。

春（二）

冰融鱼虾舞，
春回娇燕飞。
杨柳生翠叶，
山野吐嫩竹。
蛰伏惊春雷，
蛙鸣月下塘。
腊梅收香早，
杏花带露开。

春（三）

河堤柳絮白，
山坡杜鹃红。
清风拂碧草，
微雨戏芙蓉。
蜻蜓立荷尖，
蛙声撩晚晴。
窗前花迷影，
月下竹林静。

春（四）

山坡野草绿，
老树新叶长。
风吹寒气少，
雨过山色青。
小河鸭浮水，
山雀觅食勤。
游人出行早，
旷野润肺心。

夏（一）

千鸟鸣壁渊，
百花闹谷川。
丛林惊狡兔，
山野跑猎犬。
泉流声滴翠，
栈道老树横。
藤蔓绕竹节，
松驻老桥石。

夏（二）

夕照归林鸟，
晚风熨江潮。
月照平野阔，
风吹大江舒。
满城灯火醉，
流萤蹁跹舞。
蝉鸣梧桐叶，
月横西窗棂。

夏（三）

清风摇花影，
流云浮暗香。
雨润仲夏夜，
繁星密云河。
天燥蛙声乱，
夏荷正香浓。
夜阑窗灯亮，
光照书页响。

夏（四）

风吹芦苇荡，
水惊鸳鸯情。
荷香摇月影，
蛙鸣夜正浓。
晚露润荷池，
垂柳湿绿波。
风过余香散，
莲动惊飞蛾。

秋（一）

细雨醉梳头，
菊花满枝俏。
田间稻黍实，
岭上坚果黄。
山野草渐萎，
满坡红枫飞。
斜阳照林晚，
一叶一新奇。

秋（二）

红枫偎斜阳，
晚风醉流云。
月明迎归鸟，
菊香满山谷。
草虫正呢喃，
泉流照果熟。
农家舞兴浓，
颂歌丰收年。

秋（三）

深秋山野静，
老树新叶枯。
落日惊林鸟，
狡兔归晚巢。
天凉草凝霜，
蛙眠西风寒。
燕回月影冷，
菊花满地残。

秋（四）

枫叶红满树，
秋至晨风凉。
暖阳透窗棂，
菊开生暗香。
壁画溢古韵，
气静人亦闲。
不闻窗外事，
独坐逗爱犬。

冬（一）

雪染万里阔，
千城同一色。
云散月推出，
瑶池醉玉壶。
树摇动月影，
平川藏奇珍。
天寒归途早，
围炉夜话长。

冬（二）

雪压松枝俏，
檐下冰凌长。
清风吹雪舞，
寒气塑苍茫。
林鸟寂无声，
家禽归早巢。
夜静人独立，
窗透腊梅香。

冬（三）

雪浓天晦暗，
风紧月朦胧。
山冷鸟迹绝，
泉流挂壁崖。
雾淞影迷离，
竹梅生暗香。
庭院草羞涩，
无奈倒春寒。

冬（四）

枝枯草未萌，
冰厚月影冷。
山风啸吹劲，
村寨寂无声。
莽原雪无痕，
光照夜路远。
老屋灯昏暗，
坐等游子还。

雪（一）

野风啸吹山林静，
冷雪醉敲农家窗。
银镜平铺天上月，
飞雪啸卷宇宙潮。
池畔柳梢垂玉璧，
山道雾淞缀银珠。
湖面鸬鹚飞不见，
觅食狡兔影迟疑。

雪（二）

北风驭雪穿城巷，
寒凉悄侵老屋墙。
料峭寒冬杀万物，
混沌裹梅一缕香。
雪拥山隘虎伏卧，
冰封潭渊龙踌躇。
萧瑟松竹撩晚韵，
月色空蒙大江舒。

雪（三）

雪映暖阳天初晴，
江水凝滞冰凌成。
冷风回雪吹千树，
新梅绽放雪地情。
苍鹰盘旋冰川地，
山雀飞掠松梢空。
冰封天地藏万物，
天涯孤旅古道中。

雪（四）

雪影迷离路湿滑，
街灯朦胧车流长。
穿空流火照碎玉，
千车蛇行珍珠丛。
西风漫舞广场雪，
雾中楼台映仙阁。
瑞雪兆丰千家醉，
酒店传音好汉歌。

鹅　池

蝉鸣高树应蛙噪，
风吹荷叶蜻蜓摇。
梅雨新添鹅池水，
金鱼畅游初夏早。
红衣老妪轻舒腰，
漫舞柳枝花带笑。
新歌悠扬撩翠鸟，
一抹晨晖穿树梢。

荷　　塘

荷叶绿满一池水，
野鸭摇茎戏花蕾。
松竹环绕石桥老，
热风吹树满地金。
暮气浸润亭阁雅，
蓬勃月季开河堤。
草坪人鸟两相望，
假山水飞天籁音。

山　林

山高无人知路远，
独行方解大山深。
山外有山无止境，
坐看云雾绕峰峦。
心地坦荡山野阔，
松涛无语唱情歌。
采药老翁轻步履，
一缕长髯走山坡。

秋　　夜

秋夏更替隐无形，
繁华谢后花叶稀。
谁人月下徘徊久，
霜重渐湿身上衣。
文章锦绣怀天下，
夜暗游离诗人魂。
斗转星移了无欲，
时光消尽壮士心。

秋　雨

书斋独坐听雨声，
秋风萧瑟人飘零。
花落人去两不见，
一枕黄粱世俗心。
闲时莫看西山景，
红叶满眼一地尘。
风吹千树寥落后，
方知霜雨能杀人。

山　　雨

雾笼山色天已晚，
深潭水澈飘游船。
乌云遮天风力劲，
山路十米人不见。
骤雨倾盆无征兆，
飞瀑击石山谷穿。
一阵惊雷板桥晃，
梦幻丛林水如烟。

筑　　梦

筑梦中华人潮涌，
千行百业梦不同。
宏观调控物有序，
虽有争议人心齐。
高速路避千年树，
动车绕走古村寂。
山川青翠人长寿，
蓝天碧水留后人。

第五乐章　来自星星的你

是谁突然打开了
你关闭已久的心扉
让梦想不觉中从指尖溢出
几百年的孤独产生的能量
一经点燃
足以燎原生命的荒野

来自星星的你

不知你来自哪一颗星球
不知什么原因
却在地球上生活了四百年
因为心无杂念无所牵挂
虽然历经太多的人间悲欢
也心如止水
从不感到寂寞和孤单

原以为不再会感动
活着只为了有一天重返原点
为了那个遥远的故乡
你封闭着澎湃的激情
把生命的每一天视作必须的过程

是谁突然打开了
你关闭已久的心扉
让梦想不觉中从指尖溢出
几百年的孤独产生的能量
一经点燃
足以燎原生命的荒野

从没期待什么
更别说另一个世界的爱情
一个偶然的擦肩而过
却让相思如梦的虚幻
在短暂的岁月中疯长

不似仙人历经千年修行
终会冷却那颗炙热的心
沉默只是因为陌生
因为要守着那远方的真实
只是这里的风景太过诱人
在最后的一刻
迷了你的眼
醉了你的心
让你踟蹰于曾经的抉择

面对故乡的召唤
你抵御着爱情的诱惑
寂寞孤屋中
你无数次地拷问自己
这是欲望的一时冲动
还是生命的自然流程
用生命的极限作代价

能否留住这三十天的爱情

渺茫的未来
不可预知的想象
让历经数百年的灵魂
在失眠的午夜
也会流下无奈的泪水
这不是灾难面前的绝望
爱的分离撩动着脆弱的神经
让心中太多的感动
化作潮水恣意汪洋

这不是一个美丽的故事
没有结局的开始
困惑了多少双好奇的眼睛
如果再有四百年的生命
你将用怎样的主题
演绎这段超越时空的爱情

仕 女 图

一

你从何地而来
穿越千年的时空
一袭白衣飘然而至
低垂的柳叶下
悄然伫立
羞涩的容颜
醉了悠长的河岸

小桥流水桃花掩映
凝眸处碧水蓝天
是小河的风景托衬了你的亮丽
还是你的美错乱了小河的流淌

轻风拂动你的秀发
将你与柳枝一同入画
是你醉了江淮三月
还是春天幻化了你的倩影

二

落日的余晖
敲击着清凉的水面
一缕琴音悠然
在彩色的空中飘转

远山浸润黄昏
回旋着你灵动的嗓音
你的长发舞动斜阳
撩乱了时空的脚步
明艳了小河的流淌

柳荫斑斓　老树蝉鸣
我在云落处　聆听
你歌声的千回百转
修长的倩影
涂抹在蜿蜒的河岸
醉了我的心
也醉了六月的江南

三

远山　落日　红云
竹楼　花丛　阳台
你手扶栏杆
或凝眸沉思
或盈盈浅笑
静静的伫立中 衣裙轻扬
撩动了晚风
温柔了楼台的灰暗

不需要琴声悠扬
不需要长袖漫舞
晚风缠绕你飘逸的长发
娇美的容颜
淡红的衣裙
映衬着阳台上的盆景
如春日的花朵从篱墙伸出
那一抹宁静的美
醉了黄昏的彩云
乱了路人的心弦

奉　贤

梦里水乡江南风，
阡陌纵横有仙踪。
小河流淌千年月，
渔村老树摇暮钟。
红男绿女花纸伞，
吴侬软语笑春风。
不知天堂谁人见，
桃花源在奉贤东。

暴雨（一）

电闪雷鸣仲夏夜，
骤雨如鞭打窗棂。
蛙声鼎沸荷池乱，
月季花伤满地残。
孤竹无力撑风雨，
独木难支老河桥。
浊流滚滚东逝去，
伤痕累累满坡树。

暴雨（二）

厄尔尼诺生南洋，
台风劲吹百城慌。
大雨滂沱只一夜，
长街如河飞虾鱼。
车飘水漫路人苦，
店家坐愁千金无。
生死无人知天意，
沧桑如梦非人力。

追梦少年

入水方知海辽阔，
浪击千里非空说。
人生有幸生当代，
追梦少年志向高。
经天纬地写绝唱，
比肩盖茨创业忙。
年轻能担风霜雨，
起伏跌宕也平常。

高铁（一）

马路纵横穿街巷，
高楼林立水环城。
贯通南北高铁线，
一桥飞架千百峰。
山坡桃花红又谢，
道旁杨柳绿变枯。
一日四季常变幻，
风驰流星过云河。

高铁（二）

高铁落成亿人游，
浩大工程飞银龙。
精工细凿非天力，
众志成城谋图腾。
千年难得今一瞬，
一路一带连五洲。
国泰民安人勤奋，
移山填海筑长城。

英　雄

水浒好汉立天地，
蒲翁无奈写聊斋。
世事多艰书生气，
英雄常啸山林间。
血战沙场争天下，
文章从来只修身。
阿丙天才逢乱世，
一把胡琴伤时音。

知　音

浮华如梦多戏心，
红尘从来少知音。
萧何月下追韩信，
孙子膑脚师弟恩。
王莽当年最谦恭，
海纳百川拢人心。
圣人尚存友谊殇，
晚餐徒留千古疑。

儒　　生

忠孝礼仪儒学深，
齐地从来少霸心。
宋江遗恨及时雨，
报国无门难栖身。
大清何幸有曾氏，
手掌重兵甘称臣。
回看千古英雄册，
慷慨义士少儒生。

书　　生

孔子远去两千年，
文章如月照古今。
忠孝礼仪安家国，
光宗耀祖男儿身。
窗前时见书生泪，
聊斋梦卧千年狐。
衣锦还乡三秋醉，
一枕黄粱状元红。

新　　书

茶盏未冷忽一梦，
阳台独坐日偏西。
新书才读十页半，
多少真知还未知。
信息更新人易老，
帷幄难解新变局。
漫步不忍手中卷，
小憩犹自默诵吟。

春　练

流风回雪冬已晚，
料峭春寒绿意萌。
二月红杏笑暖日，
门前梧桐喜鹊鸣。
公园挥剑舞嫩柳，
荷池坐看黑鹅游。
虚怀若谷人坦荡，
书生意气自风流。

公园（一）

千树绕河堤，
百花绽角亭。
桥横垂钓竿，
彩绸舞早晴。
莲荷浮碧水，
白鹅戏黑鸭。
笛鸣应翠鸟，
昆曲附蛙声。

公园（二）

船动荷香散，
风吹柳叶扬。
青果挂枝头，
鲜竹立花丛。
少儿戏城堡，
老翁耍太极。
虎步铁笼山，
荷池鱼虾游。

春　游

柳絮轻扬山色暖，
青涩蔷薇雨后开。
斜阳渐落西山外，
游人迟疑景色奇。
冷月出云兴未尽，
街灯缭乱车流稀。
繁华散后人行远，
山川独留风雨情。

三 月 校 园

三月春寒湿气浓，
润雨桃花绽芳红。
月季新蕊摇冬晚，
竹叶嫩绿荷塘风。
斜阳醉拂柳梢絮，
乳鸽觅食草中走。
伊人读书傍晚韵，
一抹风情诗画中。

渔翁（一）

雪盖绿麦露尖茸，
腊梅无叶绽香红。
冰河老翁排金线，
一抹斜阳醉寒冬。

渔翁（二）

初冬天晴寒气盛，
麦田叶垂霜正浓。
老翁温酒倚斜阳，
冰河抖竿钓春秋。

醉　酒

寂静长夜风无痕，
街灯缭乱车流稀。
豪情不堪千杯醉，
步履踉跄出店门。
不知朋友来何方，
推杯换盏友谊深。
山南海北聊不尽，
相见恨晚表真心。
山珍海味食已厌，
天价茅台水氤氲。
慷慨陈词英雄胆，
信誓旦旦兄弟心。
搂肩搭臂话难尽，
窃窃私语前生缘。
时间老去酒席散，
恍惚依稀梦不见。

热　　土

滚滚烟尘车流忙，
热风拂柳小河淌。
一望无际原野阔，
千里流金麦穗黄。
彩绸遮面姑娘秀，
烈阳晒黑后生肩。
收割机过人喜悦，
麦粒堆积厚如山。
喜笑颜开婆婆泪，
深刻凝重老汉烟。
几分收获几分累，
一捧热土一世缘。

丰　收

车过三省同一色，
原野独秀麦穗黄。
烟波蒸腾人喧嚣，
农家忙碌六月天。
南岸谁家农机响，
千顷麦田收割忙。
秸秆伏卧千层浪，
颗粒堆积数重山。
十亩农田万斤粮，
欢乐洋溢农家房。
夜半酒醉人不寐，
举杯同庆丰收年。
幸福莫过此刻景，
沧桑老歌唱不停。

同学二十年（一）

二十年间忽一瞬，
同学又聚长沙城。
湘江水赤青年梦，
橘子洲头英雄魂。
心随军旗立壮志，
虽无彩翼可凌云。
人生无悔大时代，
各自妙手写青春。
建功立业报家国，
忠诚勤勉常修身。
蹉跎岁月耕耘久，
山川自有英名留。
心无友谊百里远，
情真自有高铁通。
莫道华年易早逝，
东风时吹黄土岭[1]。

注释：①黄土岭：原解放军长沙政治学院所在地。

同学二十年（二）

二十年过同学聚，
多少感慨一瞬间。
韶华已逝容颜新，
心隔层冰需重融。
当年植树已参天，
风情不似旧时艳。
翩翩风度成熟久，
慷慨唯失青涩心。

战友二十年

战友相聚叙旧宜，
推杯换盏情绪炽。
二十年过面色改，
不见当年青春时。
酒过三巡人影晃，
熟悉陌生两相疑。
感叹岁月如流水，
多少真情留昨日。

明　　星

舞台光照琉璃影，
哗众取宠千面人。
谁人高台声调哑，
百变伶人娇柔身。
德艺双馨非幻境，
高山流水有知音。
一夜暴红人不笑，
烟雨流星过浮云。

晚　　春

新城千街樟香浓，
霓虹灯闪月朦胧。
绿树摇影撩春晚，
荷池蛙声附夜莺。

回　乡

公路平阔车如流，
浮光掠影窗外风。
都市繁华飘身后，
一抹烟云枫叶红。
新城初建百景乱，
尘灰升腾接云天。
道窄车堵路泥泞，
回乡难似蜀地行。

麦田守望

麦草绿染原野旷，
红杏初放二月晴。
山川迷蒙人行远，
孤车飞驰大河边。
一片高楼拔地起，
烟尘遮蔽朝阳暖。
乱中有序旧城变，
返乡农工建家园。

深巷桃花（一）

一株桃树深巷中，
孤枝托花向阳红。
局促空间生存久，
为争风雨斗苍穹。
日过正午花最艳，
虽无知己也慨然。
纵使光照只片刻，
也结果实报春天。

深巷桃花（二）

江水奔流岸无声，
高山耸峙松竹青。
风过园林花不语，
一树桃红弄晚晴。

深巷桃花（三）

一株桃树深巷中，
孤枝托花向阳红。
纵使光照只片刻，
也结果实报春风。

庭　院

世事匆忙心可闲，
小院花果正香艳。
菊花绽放月季红，
桂香氤氲石榴圆。
月下独坐听花语，
风吹一树果香浓。
葡萄藤下忆往事，
四季景色方圆中。

梧　桐　树

我家小院傍矮墙，
绿树成荫穿斜阳。
月季连枝桃花影，
石榴花红百合香。
春菊青翠绿深巷，
满树金杏喜鹊翔。
最爱门前梧桐树，
小女坐摘枇杷黄。

阳　　台

月挂中天夜色沉，
阳台独坐茶一杯。
无欲倾听流星雨，
心静赏观盆景绿。
三十年过军营旧，
平淡和顺少惊奇。
百年长梦千秋事，
铁肩从此让妙笔。

闲　情

月照庭院秋已晚，
龙井香浓桂花染。
风回书页多旧事，
荏苒岁月轻如烟。
铁肩已沉道义浅，
妙笔疏冷生花难。
闲情独坐听风雨，
一本古籍伴月圆。

古　镇

小镇静幽月如钩，
远山如黛小河流。
暮色烟笼断桥雅，
雨后长堤飞彩虹。
梦里水乡谁是客，
画舫独坐看古楼。
青砖绿瓦老城旧，
曲巷裹满游子愁。

游　乐　园

七月天燥风流火，
难阻万家出行忙。
游乐园内人熙攘，
喷水池中堆人墙。
小城绽放大世界，
霓虹绚烂花鼓腔。
天下和平少战事，
国泰民安人吉祥。

读　史

坐看史书闭门久，
间歇修炼六字功。
一夜风雨全无意，
灰蒙城空秋意浓。
花落人去各不见，
多少旧事古书中。
四时变化人行健，
只是蓦然白发生。

高　　温

骄阳流火小城燃，
高温焦烤地生烟。
警察鞋熔五十度，
午后长街少人闲。
河水虽浊人齐聚，
泳池人满水难换。
旱涝本已平常事，
青山绿水少多年。

深 巷 红 杏

深巷红杏孤枝展，
为报正午烈阳暖。
非比百花绿叶茂，
只因根植厚土间。
雨润芳魂独自赏，
一夜春风花正香。
何须顾影忧四季，
邻有琴音绕房梁。

绝 地 风 光

烟雨渐收山林寂，
一根竹杖临峭壁。
孤峰人立断桥远，
绝地池水鱼虾鲜。
穿山云雾腾虎豹，
梦幻游龙升潭渊。
虽无清酒对天酌，
长歌一曲醉青山。

第六乐章　**永生的海**

身后的浮华
是僧侣诅咒千年的空
我穿梭其间
忘却了来时路
哪里是终点和归宿
我问大海的潮汐
我问天边的云霞

永生的海

一个人走向海边
灰暗的心装满忧伤
太多的困惑和迷题
让我向往大海的深邃

身后的浮华
是僧侣诅咒千年的空
我穿梭其间
忘却了来时路
哪里是终点和归宿
我问大海的潮汐
我问天边的云霞

五光十色炫了我的目
让我总在原地打转
手中无线的陀螺
早已风干了当年的灵性
蒸腾的陆地
燥热了我的灵魂
让我的心莫名地错乱

带着满腹曾经的故事

我走向海滩
冷风挟裹潮腥在空中弥漫
一线金黄色的海岸
映衬着赤红的波涛
梦幻迷情
那醉红的半空
是夕阳西下

激情的浪花轻吻脚下的沙
撩动我柔弱的心弦
我停下了脚步
远方的灿烂晕了我的思绪
让我望着那片火红
踌躇不前
那是故乡林木的葱茏
也是小桥流水潺潺
光怪陆离的色彩
醉了我麻木的神经
温暖了黄昏的海岸

忘了来时的伤和曾经的痛
我的心戏于那一抹流变的奇异
我被自己的童趣惊讶
手舞足蹈的忘情

撩乱了时空的节奏
色染了这洋面的变幻

凝视这片动感的浮云
我的心长歌当哭
刹那间道心清明
这是生命的觉醒
更是灵魂的复归
触动的
何止是心底不可言传的秘密
更有未曾发觉的记忆
缠绕着年轻的梦想

彼　岸

彼岸虽近渡口远，
江边独立冷风寒。
扁舟一叶船工老，
摆渡迷津风浪险。
无欲坐看朝雾起，
心无杂念生佛缘。
海阔天空心作桨，
逐浪戏水赏日圆。

寺　院

一寺独卧深山中，
半明半隐半朦胧。
险峙半空沿壁立，
蜿蜒曲折似天行。
松竹围墙遮尘嚣，
台阶绕林九百层。
香雾缭绕盘峰顶，
谁识当年苦行僧。

沙　　弥

一僧一帚一寺院，
十年独守空禅台。
堂前无尘亦自扫，
心中有欲化境艰。
松柏无情长年轮，
庭院积土日渐少。
清风不计是非过，
当年沙弥已成佛。

住　持

当家住持坐堂前，
广开禅门结慧缘。
半是半非半功过，
菩提树下苦修身。
金砖铜瓦佛祖像，
晨钟暮鼓老山松。
亦真亦假天下事，
谁点迷津是非清。

香　　客

络绎人群不绝履，
心思百变各自知。
佛前叩首问因果，
几人参悟箴中言。
松林有性聚灵气，
怪石塑立续前缘。
崎岖山路皆坦荡，
无欲无私天地宽。

第　一　签

冬过三重寒气少，
山腰梅花开又败。
古寺钟声鸣旷野，
香客挤满老禅堂。
宝刹庄严人肃立，
僧持权杖开佛光。
为求新春第一签，
商贾大佬排成行。

佛　像

佛像庄严坐高堂，
金身头陀侍两旁。
僧侣虔诚跪满地，
欲解生死轮回结。
心藏苦难度众生，
面壁修身两世情。
无欲常笑世间事，
恩怨情仇是非空。

山　　寺

竹林柳巷风景幽，
桃花满眼清溪流。
山寺静雅生古木，
绕山红墙腾赤龙。
深刻凝重佛堂老，
脱俗出尘沙弥新。
最是多情远方客，
胭脂未净推僧门。

山 寺 丽 人

丽人淡妆脱风尘，
山寺虔诚求佛恩。
花容艳照禅堂暗，
香烛摇晃浮红云。
空明羁绊人未老，
欲望缠绕世俗身。
十年修为付流水，
桃花撩乱成佛心。

求　　香

钟鸣远山寺，
风吹晓夜寒。
酒店暖气燥，
五更人不眠。
雪映窗前月，
心飞大殿前。
功名虽俗事，
无人能泰然。

老　　僧

山川迷蒙依斜晖，
古刹幽静傍浮云。
风吹松摇生薄雾，
谷深时现野猴飞。
仙风道骨僧未老，
参禅独坐半山腰。
花木掩映寺门闭，
佛香氤氲绕红墙。
俗客散去空山雅，
落日独照寺中塔。
心存化境山野旷，
无欲诵读千年经。
佛珠残损千百粒，
禅堂风破僧人衣。
一袭袈裟风雨在，
山谷飘转佛陀音。

栈　　道

满山红枫银雀飞，
山寺半隐绕梵音。
峰回路转五行在，
深谷氤氲藏八极。
凌空栈道倚绝壁，
仙风道骨有僧迹。
临渊眺瞰峰峦秀，
断崖古桥一行人。

僧　　人

尘缘未尽僧有欲，
坐看山峦雨后奇。
月下时现嫦娥影，
满天红袖舞星云。
一心向佛修行久，
十年香燃心难空。
昨日落花春仍在，
不知今秋月可明。

雷锋（一）

蹉跎岁月风骨健，
英名无意久流传。
萤火聚光照夜暗，
芳草绿染百花园。
青春无华枉年少，
热血喷溅军旗悬。
江山万里人何在，
柳絮桃花三月天。

雷锋（二）

少年孤苦成熟早，
一念感存百姓恩。
情满山河博大爱，
浩然正气报家国。
每到农家一担水，
车行千里一路春。
全心全意献真情，
英雄何须问出身。

雷锋（三）

千古江山多少事，
物是人非昨夜风。
百年长梦花如海，
璀璨未来谁见证。
江水悠悠情未老，
山川锦绣英魂留。
儒雅少年今不见，
如烟往事人潮中。

雷锋（四）

莫笑人痴不自顾，
佛祖曾经身伺虎。
灵狐修行需千载，
万年古猿成人形。
圣贤施学曾落寞，
风餐露宿街头贫。
心记天下百姓安，
人间处处皆佛缘。

雷锋（五）

万水千山一世情，
沧桑岁月梦几重。
心有大爱冷变暖，
暗夜无光灯自明。
简约空明生化境，
人情练达福报深。
有容乃大河归海，
成佛何须面壁修。

雷锋（六）

冷月斜照江水寒，
绝壁千仞鹰自残。
凤凰涅槃非有意，
重生无奈烤烈焰。
壮志未酬人行远，
英雄常叹世事艰。
岁月老去难复始，
几多旧貌换新颜。

外滩之殇

2014年12月31日，上海外滩观景平台的人行阶梯发生拥挤踩踏事故，造成36人死亡，49人受伤。特作组诗以表悼念。

（一）

暮色渐沉人簇拥，
霓虹灯闪车如龙。
明珠光耀城两岸，
巨楼俯瞰大江东。
江水流金九回转，
烟花绚烂老城空。
新城旧貌溢古韵，
午夜游人醉不还。

（二）

景色璀璨戏如真，
穿越未来接古今。
琉璃烟火燃翡翠，
玛瑙碎地玉生尘。

变幻莫测新科技，
光怪陆离 3D 船。
百万人聚两里岸，
氤氲夜空照不眠。

（三）

变幻时空如转轮，
追梦游人欲断魂。
新旧交替年复始，
多情学子盼春归。
江风渐冷月西斜，
激情如潮歌未歇。
明朝谁知月复明，
今夜狂欢未了情。

（四）

江畔冷月未出云，
广场台阶醉游人。
梦里迷情身非客，
转瞬生死魂不归。
江水呜咽人流散，

都市窒息世情悲。
谁怜天下父母爱，
含辛茹苦养育恩。

老人（一）

无限山河百年人，
滚滚红尘阅历深。
老来羞提当年勇，
老槐树下说古今。

老人（二）

秋风隔窗打竹叶，
晚钟惊醒梦中人。
岁月无痕沉往事，
红尘漫道难回折。
壮志未遂人已老，
徒留心气比天高。
小楼独坐夕照晚，
细数雁阵飞几只。

老人（三）

古城老树日黄昏，
楼前老人摆龙门。
棋局争执鏖战久，
恰似年少斗敌军。
心有千结未曾解，
岁月难改品性烈。
常忆当年英雄事，
烽火硝烟两世人。

老　　兵

出生入死家国难，
枪林弹雨战友情。
戎马倥偬忽一梦，
百年人生去无多。
历经磨难英雄老，
门前松摇夕照晚。
满眼楼台人不见，
蹉跎岁月一缕烟。

梦　鱼

夜梦金鱼满池飞，
亲驾扁舟下湖水。
心随老翁放长线，
千斤鱼虾挤成堆。
东方晓白梦未醒，
满眼笑意担鱼归。
上班铃声响多遍，
犹自倚床慢回味。

梦　凤

夜梦凤凰落梧桐，
彩翼如虹百鸟鸣。
田园绽放花千朵，
万里晴空龙腾云。
日月同照山河醉，
满园高树缀紫金。
心有大爱人不老，
随处欢歌有知音。

井底之蛙

井底之蛙小天下，
弱女常怜镜中花。
雀鸣高树笑南雁，
家犬难解狼图腾。
天飞雄鹰瞰沧海，
坐管难窥天下真。
醉听窗外风月事，
蛙鸣井底笑浮云。

蹉跎世事

风雨飘摇人避险，
世事纷乱缺良贤。
孙权坐穿东吴地，
诸葛魂葬五丈原。
和平日久人心躁，
家国逢事少伟男。
崇祯无奈天下势，
一缕白绫轻如烟。

和平幻景

池塘水暖荷叶腐，
流沙渐推江堤崩。
家有贤妻事业旺，
国藏奸佞生祸殃。
王莽谦恭西汉坠，
秦桧文章宋飘摇。
和平本是虚幻景，
暗流常涌冰川丛。

酒　宴

弯月随风穿薄云，
高楼空透夜色沉。
长廊灯摇人几对，
酒正酣浓话未尽。
千年聊斋万年狐，
口无遮拦说是非。
不识夜宴人千面，
影像瞬间传视频。
伦理争议爆网络，
拷问人性黑红心。
言行不一非君子，
谁是晚餐告密人。
心窄难容平野阔，
月明渐忘灯下黑。
莫道世事皆无奈，
星光从未脱红尘。

深　　秋

霜降田园万绿无，
萧条旷野百草疏。
秋后月圆花渐萎，
西风吹瘦一池水。
瓜果熟透枝满地，
一夜梦醒红叶飞。
雁阵南翔寻暖日，
过冬虫鸟觅食勤。
凄风苦雨人萧瑟，
年终临近事无音。
窗前邀月一杯酒，
满腹心事向浮云。

第七乐章　历史钩沉

何须打坐问道
那片纯净的湖水
蕴藏着生命玄机
不是思索的思索
不是参悟的参悟
时间悄悄地入睡
空间幻化成那入水的一线

历 史 钩 沉

清风吹动浮萍
蛙声撩起涟漪
雨后的黄昏
老人　静坐　凝神
一竿　一线　一钩
物我两忘是禅的清明

何须打坐问道
那片纯净的湖水
蕴藏着生命玄机
不是思索的思索
不是参悟的参悟
时间悄悄地入睡
空间化成那入水的一线
不动　怕惊醒了时空
让梦被那突然的跃动打断

长时间的如雕塑
入画在湖光山色之中
身侧乱花迷眼

蜻蜓振翅　蝴蝶飞舞
白云轻漾　水色氤氲
芦苇戏动蝉鸣
撩乱了夏的火热
躁动了生命最原始的欲望

忘却了世间忧烦
心率回归自然的跃动
不知是老人撑起了长长的鱼竿
还是鱼竿撑起了入定的老者
挥竿　收线　甩动
动作简洁洒脱
明快的节奏
荡起了一圈优美的弧线
模糊了岁月的痕迹

凝视上钩的鱼儿
老人黝黑的脸上
看不出收获的喜悦
反倒多了一分羞涩
此时此刻
或许他想起了哪个风花雪月的日子
想起了这一般的垂钓中
钩住了心仪已久姑娘的爱情

女　　皇

吕雉心机武曌威，
舞动朝堂冷风吹。
危难时见巾帼志，
孝庄掌舵大清存。
柔荑治国如烹饪，
驾驭天下男儿身。
莫道慈禧惹祸乱，
多少男子缺雄心。

建 安 风 骨

李白酒醉山林晚，
苏轼夜听钟鼓声。
建安风骨今何在，
老寺梵音满山谷。
陶公寄情南山远，
松竹无奈高楼寒。
推窗坐看都市夜，
心绪穿越千百年。

李　白

李白文章艳如花，
香飘千年独一家。
傲放悬崖冷对月，
光点书生窗台烛。
繁华散尽风兼雨，
慨然醉卧采石矶。
莫笑飘零身落魄，
一曲长歌越古今。

唐　伯　虎

二十年间忽一梦，
心无旁骛苦读书。
青春伴随烛光老，
才华无奈时运伤。
冬去春来桃花艳，
山寺钟残月不圆。
世俗羁绊凌云志，
一支画笔度时艰。

三国（一）

乱世三国聚群英，
曹操煮酒论英雄。
人中吕布赤兔马，
桃园结义刘关张。
火烧赤壁非天定，
周瑜傲视诸葛才。
孙刘联盟笑千古，
君王从来无弟兄。

三国（二）

长江自古非天险，
两岸文化本同根。
单刀赴会太盲目，
白衣渡江报羞辱。
吴下阿蒙成往事，
江东从未少俊才。
蜀汉虽强人心乱，
物极必反三国殇。

诸葛亮（一）

少年诸葛隆中对，
一生困守三国心。
雄才遗恨失街亭，
空城一曲悲古今。

诸葛亮（二）

诸葛雄才绝天下，
草庐谋定三国图。
为报君恩逆天道，
九伐中原执意行。
乱世英杰非草莽，
群峰峥嵘难驯服。
人力无奈天地厚，
世事常挫英雄心。

诸葛亮（三）

少年意气隆中对，
英名垂留八阵图。
借得东风烧赤壁，
一战成就三分国。
舌战群士终存恨，
孙权大志岂可辱。
白衣渡江非无奈，
关羽命注荆州殇。

桃 园 结 义

桃园拜结兄弟缘，
铮铮铁骨乱世间。
世态炎凉有大义，
患难不离手足情。
挂印封金走千里，
心中常惦结义景。
真情能改帝王志，
抛却江山报君仇。

霍去病（一）

年少意气恨天高，
欲揽日月上碧霄。
读破诗书千万卷，
跨马弯弓射金雕。
腾渊蛟龙舒鳞甲，
啸山猛虎震川谷。
快意恩仇报家国，
战功卓绝无后人。

霍去病（二）

民族兴亡事多悲，
御敌何须数年轮。
有志鲲鹏翔天宇，
无为鼹鼠地下藏。
阿斗无欲终受辱，
勾践卧薪霸业成。
铁马金戈报国路，
旌旗常悬英雄魂。

霍去病（三）

快马金刀入敌营，
冲锋陷阵不惜身。
戎马倥偬沙场血，
高山仰止松柏青。
铁血年少赴国难，
肝胆铸就千古冢。
马踏匈奴霍去病，
豪迈堪比霸王情。

吕　　布

力战三雄气如虹，
辕门射戟霸王风。
人中龙凤赤兔马，
更得貂蝉艳如花。
中原逐鹿帝王印，
虚名拖累英雄心。
功成名就人自满，
亏欠知音似海恩。

周　瑜

赤壁驭火烧敌船，
报国哪得顾家身。
鞭打黄盖心相印，
三代老臣忠良心。
固守天险为知己，
一剑挡得百万军。
喻亮之争非天意，
马革裹尸笑乾坤。

刘　　备

落魄曾经卖草席，
街头流落感民贫。
忍辱负重怀天下，
一路奔走建新军。
桃园结义三兄弟，
出生入死如一人。
虎牢三雄战吕布，
长坂情动子龙恩。
匡复汉室凌云志，
广施仁德纳民心。
三顾茅庐隆中对，
赤壁连姻为立身。
西蜀虽远能建国，
三分天下一时存。
患难兄弟恩情重，
冲冠一怒山河碎。
豪情壮志随风去，
白帝城葬英雄魂。

曹　　操

东临竭石饮杜康，
横槊赋诗战疆场。
冬日煮酒论英雄，
夏天驭马写华章。
挟得献帝号天下，
不学儒生留虚名。
汇聚群雄逐霸业，
对错只存自家心。
时事造就英雄殇，
壮志止步江水上。
文韬武略帝王梦，
无奈天定三分国。
世人不解凌云志，
史海长年起风波。
向使当初得帝位，
千秋功过重新说。

赵 匡 胤

陈桥兵变恍若梦，
一袭皇袍加在身。
江山稳固一杯酒，
不学高祖动刀兵。
尊贵不忘患难友，
铁券丹书保儿孙。
造化弄人英雄劫，
千载冤屈无处申。

岳飞（一）

儒学千年根叶茂，
忠孝仁义报家国。
岳母不解世俗恨，
山河破碎难更新。
民生得救非故主，
挽得狂澜真英雄。
毕生践行精忠志，
风波亭前梦成空。

岳飞（二）

跨马持枪文亦武，
气壮山河岳家军。
精忠报国非魔咒，
向来谦恭无帝心。
乱世艰险缺明主，
当筑高台振臂呼。
向使抛下书生气，
既无南宋也无金。

李　鸿　章

凄风苦雨世多艰，
宦海沉浮几十年。
三纲五常孔子老，
道心佛缘两世人。
朝堂醉酒女皇笑，
羸弱社稷风飘摇。
诗书读破千万卷，
难解家国终沉沦。

朝代更替

腥风血雨千古事，
朝代更替有预期。
人生浮躁生腐败，
贪婪常令恶念起。
贫富不均心离散，
虚伪常把良善欺。
利益争斗无休止，
刀剑必然向政敌。

边 境 争 端

战地硝烟又重燃，
几度繁华变雷区。
原本兄弟一山隔，
无端刀兵向彼此。
相互猜疑只一念，
快意恩仇生祸端。
血流成河悔恨晚，
两国交往君子心。

战火（一）

西风劲吹黑海冷，
料峭春寒战鼓鸣。
烈火熊熊燃不尽，
爱恨情仇满家国。
山水相连本同根，
一山一水育儿孙。
一片檐下住千载，
怨愤又奈邻居何。
疑邻偷斧成心病，
恶语困扰生死结。
真假难辨是非过，
孤注一掷动刀兵。
利欲熏心正义少，
信仰飘忽邪念多。
虚拟对手终成患，
千万生灵遭涂炭。

战火（二）

满目疮痍乱世景，
世道炎凉难栖身。
纷乱繁杂缺秩序，
和平期许少圣贤。
无知蒙蔽眼界短，
心胸狭隘萧墙乱。
老翁不见当年义，
少壮纵情桀骜心。
人穷志短心胸窄，
莽撞错乱男儿魂。
昨日本是同窗谊，
忽然一夜成对手。
血腥战事连数年，
无人能解因果缘。

桃　花　源

遍野良田桃花影，
男耕女织有余闲。
不论魏晋少俗事，
满源春色生佛缘。
风月无边人行健，
国泰民安多良贤。
江山如画千秋梦，
夕阳何须羡月圆。

中东之乱

中东乱局旷时久，
战火连天无止休。
悲剧上演一幕幕，
淡漠生死人心浮。
宗教混战缺民主，
国弱民贫少人权。
为民服务遭诟病，
遵纪守法人笑癫。
流离失所人千万，
因何争执全漠然。
人生苦短家不老，
报国何须握重权。
兄弟恩怨家国事，
笑谈风云杯酒间。

五四运动

（一）

家国危难多旧弊，
风雨飘摇人心移。
军阀混战民生艰，
流离失所生存难。
遍野匹夫人猥琐，
四亿同胞少伟男。
泱泱中华无宁日，
只待春雷荡平原。

（二）

少年英雄聚北大，
虎啸声声为民权。
山河破碎雄心在，
道义虽重有弱肩。
科学民主求真理，
新文真知解时难。
挑战传统废旧制，
同仇敌忾斗愚顽。

（三）

街头携手聚民意，
慷慨激昂争人权。
休戚相关家国事，
唤醒民众千百万。
时运不济国贼多，
雄关漫道从头越。
刀山火海全不顾，
一腔热血报家国。

（四）

五四已远烟云散，
百年华夏终梦圆。
多少青年流血泪，
为国强盛赴黄泉。
前赴后继勇士死，
枪林弹雨铸尊严。
民族复兴人去远，
遗下高风照家园。

烈　士

折戟沉沙英雄殇，
荆轲梦断刺秦王。
世事艰涩多旧弊，
山河重整待良贤。
慷慨悲歌壮士死，
赢得正义满人间。
史记未满血已净，
肝胆昆仑月正圆。

哭　墙

少年的记忆中
耶路撒冷是一个多灾多难的地方
民族的争斗无休无止
人们整天枕戈待旦
在战争的阴霾下挣扎

几千年无休止的征战
只为传说中的神话
犹太人的殿堂太过宏伟
以致被巴比伦和罗马人的妒火点燃
不同民族与宗教频繁的冲突
最终只留下一角残损的断墙
圣殿的旧址
经历了太多的新生与死亡
反复的占领与更替
每一粒尘沙都浸蘸犹太人的恩怨与苦难

谁会想到
哭　竟会让一个饱经苦难的民族永生
因为心中有太多的伤痛

眼中有太多的泪水
需要哭诉和宣泄
于是那一方屹立千年而不倒的古墙
在撕心裂肺的哭声中
在沉闷忧郁的呜咽中
化成了犹太人与祖先连接的血脉之链
只是远远地看上一眼
只是轻轻地触摸一下
心灵就会为之颤动
从此郁悒和悲情
便化作了滔滔不绝的创造力量

不需要仪式
不需要盛典
哭墙——成就了犹太民族团结与信仰之魂
千百年默默地来去
面对这信仰之根
倾诉背井离乡的凄苦
诉说对家的渴望

精神不朽方能重生
流浪是饱受屈辱后的无奈之举
亡国之痛不会随时间的流逝而消弭

在犹太历的安息日
流浪的人们会不远万里齐聚在断墙之下
用泪水诉说悲情
用泪水凝聚力量
用泪水相互鼓舞
扶墙而泣诉说心迹
留下的是浸透墙体的热泪
带走的却是生命的执着与坚韧

并非所有的眼泪都是懦弱的象征
如果哭泣成了一种精神　一种寄托
这千年不绝的哭声与泪水
就足以感动天地移位
足以浇灌沙漠变成绿洲

曾经的失却让人倍加珍惜今天的拥有
面对贫瘠而狭窄的土地
民族的尊严经受着智慧和坚韧的考验
干涸与荒芜不能让人却步
虔诚的心让沙漠长满林木
看那一排排果树在阳光下枝繁叶茂
曾经刀光剑影浸满血色的土地
如今流光溢彩涌动着创造的激情

谁还会为曾经的哭声而叹息
如果生命中所有的伤痛
都能以哭声化解于无形
人们就有理由继续在哭墙下静坐
以期感悟那来自天国的佛旨纶音

跋：论中国新诗的诗学伦理

钟嵘《诗品》云："动天地，感鬼神，莫近于诗。"诗之所以有如此巨大的力量，是因为诗是人类灵魂的折射，能及时反映人类心灵深处的颤动。因而从广义上讲，诗无处不在，无人不是诗人。从人类语言的最初形式——低级形式，到文学艺术的结晶和升华——最高形式，诗一直是人类语言和精神内在表达的重要方式之一。

一

中国是"诗的王国"，有着深厚的文化积淀和灿烂的诗歌传统，在文化上有着强大凝聚力、包容力和内化力。它既能通过自身内在的文化元素提升个体的文化素养、理想信仰，也能从整体上提升本民族的伦理精神，更能通过"海纳百川"，吸纳外来文化的养分，内化成自身文化体系的一部分。五千年的华夏文明，从某种程度上说，是一部由"诗"串成的历史。从三皇五帝到唐、宋、元、明、清，每一个朝代尽管兴衰沉浮，但不变的却是诗歌伦理精神的自然延续。虽然诗的形态有一定的变化，从《诗经》《楚辞》到后来的唐诗、宋词、元曲、明清的戏剧甚至小说，诗歌的内涵和精神实质始终贯穿其中，从未改变。以至诗歌成了中华民族的精神向度，成为中华民族血脉永续的内在品质。

中国传统上就不缺乏西方诗歌形式的成因，从《陌上桑》《孔雀东南飞》《长恨歌》等体裁和语境上，都可以看到今天诗歌的影子。中国地域广袤，民族众多，因民族生存习惯和地域环境的不同而自成体系的山歌和民谣，客观上也与西方诗体有异曲同工之妙,在语言形式甚至格律上、音节上都有可比性,这也是中国诗人能够较快地适应新体诗,并使新体诗在中国大地迅速传播的重要原因。虽然新体诗从诞生之初,便是山歌和民谣的翻版及现代化,但人们丝毫没有被这些远古时代的达官贵人视为俗物的文化样式所影响,反而从这些直率、天真的艺术表现中,找到自身生活生存的影子。也许中国新体诗从艺术表现上,远没有古典诗学的厚重、博大,也缺乏其对意境、意蕴的天才创造。但新体诗毕竟是伴随中国新文化运动而产生的新鲜事物,有着强大生命力和创造力,在经过无数新体诗创作者和诗学理论家的潜心研究和探索之后,新体诗已经走出了属于自己的一片天地,找到了其在历史上的应有地位。

文学以想象的方式超越现实,描绘心灵图景,将虚幻的世界现实化、形象化,从而实现了创作主体与接受主体的自由创造本质,在内在意义上与人类的理想追求、价值判断、信仰守望相统一,比任何艺术形式更贴近人类的终极目标。优秀的诗歌不是难以企及的空中楼阁,它基于文学的人文关怀:既是文化的、艺术的,又是哲学的;既有功利的实在性,又有超功利的审美性;既真实可感,又有梦幻般的想象力。因此,优秀的诗歌能超越现实的功利羁绊,以极其自然的文体形式展现人类的精神面貌,继而引领读者达到一定的精神高度。

在中国历史的长期发展中,儒家、墨家、道家、法家以及东汉以后传入中国的佛教,各家不断相互影响、吸收和融合,最终形成了中华民族特有的诗学伦理精神传统,在中华民族文明进程中起着重要推动作用。在特定的经济条件、文化背景和民族心理下,文学的能动性会对经济关系和社会制度起到一定的促进作用,使人们原有的伦理观念适应新的社会经济关系需要,主动把自己的行为纳入社会总体发展当中。五四之前,以儒学为核心的话语体系、价值观念的中国传统文化,虽然为中华民族的生存繁衍起到过重要作用，但随着西方文化的强势入侵，特别是中国社会的文化思想混乱，已经远远不能适应时代发展的要求，无法担负起拯救民族于水火的历史重任。社会危机的不断加深已经造成民族文化和民族精神，特别是伦理和道德的全方位失落，对于传统文化的定位已经不再是改良与否的问题，而是中国要图存新生，就必须引入先进的文化思想，这是历史交给中国现代知识分子包括文学家和诗人必须完成的使命。

黄遵宪、梁启超和王国维的时代，就提倡"诗界革命"，就对中国文学的语言问题提出了一些革新的想法。黄遵宪提出了"我手写我口"的口号，主张"言文合一"；梁启超明确提出了"新语句"的语言革新要求；王国维更是注意到了语言和思想与一个民族的精神面貌的关系。这说明近代以来的中国文化学者早就注意到了中国诗歌面临的严峻形势。但由于晚清封建专制和腐败统治，导致文化和文学"革命"环境的缺失，无法形成新诗的创作语境，更无法突破古诗的形体束缚。到了五四时期，倡导新文化与新文学的呼声逐渐响彻中华大地，而世界和中国发展大势也要求中国传统文化必须进行深刻的变革，改革甚至废除旧体诗，创造出符合世界潮流和时代要求的新体诗。这种"大势"，使中国一批具有古文根底的"文化大家"，如：胡适、陈独秀、刘大白、刘半农、郭沫若、闻一多、徐志摩、朱湘、戴望舒等，开始尝试用白话写诗。他们以各自不同的方式，从自己对新诗的机械理解和毫无经验的摸索开始，用自己的方式理解着新体诗的形态，在内容和形式上几乎完全废除了古诗中的音律和节奏，按照生活中的白话格体，用简洁明了、一看就懂的表现形式创作新体诗。

二

一般而言，新体诗是指 1919 年五四新文化运动以来中国诗歌艺术和诗歌理论的总称。在新旧文学嬗变的特定历史时期，通过倡导新的文学理论和文学形式来呼应重大时代课题，是二十世纪初期中国文学的重大事件。无论是梁启超的“新民”，还是王国维的“人间”、鲁迅的“立人”等，都强调文学与时代和政治的联系，“欲维新吾国，当先维新吾民，欲维新人心人格，当维新文学”。他们呼唤“精神界之战士”，以打破中国的平和沉沦，惊醒国人的麻木懦弱，解决个人的精神更新和个性解放，达成“人心之营构”。鲁迅在《上海文艺之一瞥》中指出：“革命文学之所以旺盛起来，自然是因为由于社会的背景，一般群众，青年有了这样的要求。”所以，中国古典诗歌形式完成向现代新体诗形式的转变，虽然有其自身发展的必然，但更重要的是外部力量推动的结果。近代中国政治的腐朽、外国列强的入侵、人民生活的贫困、民族尊严的丧失，使大批文学家和诗人开始更加关注国家和民族的生存与发展问题。特别是面对国人的精神颓废和民心士气的萎靡，他们忧虑着国家和民族的前途，哪里是国家的出路？民族的未来在哪里？诗人们思索着该用何种方式来唤醒沉睡的民众。随着新文化运动的到来，觉悟的中国诗人开始领悟到：如果要改变中国民族和民生问题，首先要改变民众的精神伦理问题，只有国民个性得到彻底解放，人民才能真正成为自己的主人。而唤醒民众个性的解放，只有推倒传统文化中糟粕的束缚，废除旧的文学形式桎梏，找到适应国民需要、符合民众特点、可以迅速传播新思想和新文化的新的文学体裁形式。

近现代以来的中国诗人，他们本质上有着强烈的民族复兴意识，有着强烈的政治责任感，他们既是文化革命的先锋，也是政治革命的先锋，甚至是军事革命的先锋。从一开始他们就把诗学的革命和新体诗的创作当作一种战斗的武器，而不只是一种玩味人生的消遣工具，因而新体诗的出现给人一种突兀甚至是横空出世之感，因为它没有诗、赋、词、曲的自然过渡和渐进式发展。大时代的需要，中国民族自救和中国革命现实的需要，把新体诗推到了历史的风口浪尖，推到了中国新文化革命的最前沿。

中国新文化运动和诗学的革命不是孤立事件，那是一个封建中国即将寿终正寝、风雨飘摇的时代，整个中国的有识之士都在探索着新的国家形态，国民在一些先行者的号召下开始逐步觉醒，新体诗将以什么样的形式和内容呈现给受众，如何体现新体诗的大众性和战斗性，是那个特殊年代的新诗特有的探索。所以，中国新体诗相对于古典诗学来说，无论是从形式上，还是从内容上都是颠覆式的、革命式的。一方面，近代以来的中国因政治腐败，长期受到西方列强的侵略，导致国力衰微民不聊生，人民始终处在水深火热之中，现实生存的需要和对国家民族未来的担忧，催生了一批新文化革命的先行者。他们用自己的独特视角和天才创造，创新了中国新体诗的创作结构，优化了新体诗的内涵，拓展了新体诗的外在空间。在新体诗的创作过程中，有艰辛的汗水，也有悲情的眼泪；有幸福的欢笑，也有苦难的折磨。现当代中国的全部历史，无论是新民主主义革命时期，还是社会主义革命和建设时期，其本身就是一部规模宏大的史诗，生活于其中的诗人们，无论其世界观和生存观如何，无论其有多么不幸的结局，但相对于文学追求、文学创作、文学素材、文学语境而言无疑是幸运的。而中国当代社会发展过程的起起伏伏，坎坎坷坷，或顺利、或挫折，大开大合，既为诗人的创作提供了丰富的文化素材，也为诗人提供了千百年不曾有过的创作环境。纵观近百年来的中国社会，几乎每十年便会发生一些重大事件，而一些事件甚至是革命性的，引发了全方位的社会变革，这些变革有成功有失败，但都推动中国社会急速向前发展，使中国社会的面貌不停地发生着变化。这些变化不只是表层的，不只是剪去了不合时宜的长发，脱去了长袍大褂的束缚，换上了西装革履的光鲜；不只表现在奔驰的汽车、鳞次栉比的高楼大厦等科学的进步和物质的繁荣；也不只表现在生命的觉醒、知识的丰富、眼界的开阔、修养的提升，更多的是人们心理的变化：从古代人、近代人、现代人心理向当代人心理转化的过程，是从封建意识浓厚的心理向当代人普遍认同的民主、自由、公平心理转变的过程，而这一过程和变化又是快速的，远未终止的。正是这些高潮迭起、丰富多彩的历史歌剧，为当代的诗人们提供了前人无法比拟的创作环境和想象空间。

白话写诗其实只是新体诗创作的第一步，是诗歌自身发展的需要，也是时代和世界发展大势的倒逼，是中国复杂社会现状、民众生活需求、文化程度、接受能力使然。正是这开创性的第一步，特别是一些文化和文学大家身体力行的创作，吸引了更多的文学青年和诗歌爱好者竞相模仿，才有力地推动了新体诗的迅速传播和繁荣。但可惜的是，出生在中国近现代社会的文化精英们，他们不只是诗人，他们往往是激进的社会活动家、政治家和哲学家，他们有着比创作新体诗、研究新体诗更迫切的事业要做，他们要拯救将死未死的国家，他们要用手中的笔去唤醒受苦受难的民众，让他们拿起武器参与中国现代社会的变革。因而，这些"文学大家"在新体诗的理论研究和艺术创作上往往浅尝辄止，没有进行更为深入的探索，他们只是为了适应时代发展的快节奏，只是着眼于眼前的政治斗争和社会实践需要，无暇顾及新体诗的美学构建和艺术范式，他们只是为了记录而写诗，为了愤怒而写诗，为了说话而写诗，甚至为了写诗而写诗。这便导致新体诗成了白话文的分行体，不得不长期停留在口号式的呐喊、标语式的宣泄、"山歌民谣"式的零散。而以此为范式，其形式、结构和内涵必然缺乏科学的严谨性，无法融真善美于一体，也使认识、教育、审美和抒情等功能相互脱离，无法在艺术修为上迈出创造性、开拓性的一步。

三

急剧变动的社会结构带来了人们价值观念的深刻变化，人口的流动又促进了思想的传播与交流，并日益弱化着传统的约束力量，使中国社会的伦理精神面临着前所未有的挑战。政治的纷争、传统社会结构的解体以及由此带来的长期战乱和权力更替，既引发了诗人对国家和民族未来的思考，也引发了诗人对自身命运和民众命运的思考。他们试图从不同的观点、立场、角度对严酷现实做出尽可能合理的解释，并开出相应的救世良方。诗人们的价值观念一度引发了国家关于政治、法律、制度、道德、伦理等方面的争论，特别是随着大批诗人介入政治和军事生活，在传统与现代、现实与理想之间，诗人们更多地把自己的价值观移置于火热的生活之中，并以新的文学形式表达着自己的观点和情感。诗人们在价值观念上的表现多元多样，而正是这种多元多样客观地影响了中国社会的政治变革和思想解放。

随着新文化运动和马克思主义文艺观的传播和影响逐步加深，新体诗逐渐突破了古典诗学和现代诗学的种种体裁限制和人为束缚，在表达方式和写作技巧上一直努力探索适应时代要求的新技巧、新方法，并通过大胆引入西方诗学的表达形式，强化诗歌形式的自由度与传统音律和节奏的融合，使其更能符合大众的心理和精神需要，进而把诗的内涵与政治观念、哲学思考相融合，用诗歌阐释个体的生存意义，唤醒民众的社会责任感和使命意识，呼唤更多的人参与社会变革和社会运动。中国现代诗学最大的特点，就是与新文化运动一同诞生，所以，一开始便具有"革命"的反传统、反礼教的性质，一度试图打破旧体诗的传统和束缚，在形体上借鉴西方诗学，主动引进现代主义的、自然主义的、浪漫主义的、悲剧主义的、美学主义的各种文艺思潮和流派。那是现代文学史上的一段最浪漫最激动人心的时间，一度形成了一个千帆竞技、百舸争流的局面，一个求新求变的局面。诗人们或追求理想和自由，大胆反抗封建礼仪和封建专制；或面对现实，敢于直面最惨淡的人生；或试图走进民众的心灵深处，寻求生命的真正意义……但由于缺少对西方文化的深入了解，特别是缺失中国传统文化的强劲支撑，一些诗学流派虽然表面看是相通的，彼此间有渗透、有影响，但大多只能流于形式，无法创作出与世界同一水平的，甚至惊世骇俗的优秀诗作。而一些诗人本来才华横溢，但因为革命、工作和其他文学创作需要，经常从一个熟悉的流派转变到另一个不熟悉的流派；或者从擅长对人内心的表现和分析，转向了对现实的解剖和对理想的追求；或者从浪漫主义转向现实主义，使唯美的追求和现实主义的感伤一并流于形式，无法向更高层次延伸。这也就是为什么一些诗人倾其半生甚至一生，始终在新体诗的创作上磕磕绊绊，找不到新体诗的固有意蕴和深刻内涵的原因所在。

中国现代诗学是在反帝反封建和国家重建的呼唤声中诞生、形成并发展起来的，其产生是中国特定社会的现实需要，急促的形变注定其无法全面支撑中国文化应有的厚重和博大。纵观人类文学发展史，一种文学形态的转变，或一种诗体的形成，大致要经过上百年，甚至数百年的演变，不能简单地因为历史和现实需要就仓促间异变出一种完全崭新的文学形态。诗、词、曲的文学演变，大都经历了几百年时间的探索、磨合、适应和普及，更别说一种完全陌生的诗学形态的产生。中国新体诗虽然借鉴和模仿了西方诗学的表现形态，甚至大胆突破古体诗的形式束缚，但却忽略了中国古典诗歌的内在丰富性和厚重博大的诗文结构。中国现代诗学在诞生和形成之初，只是一味强调否定、借鉴和突破，甚至在一定程度上视中国古体诗为封建残余，认为它是阻碍中国现代社会发展、导致中国近代落后的没落文化，必须全盘否定和抛弃，用崭新的文学形式取而代之。这是中国新体诗在形成过程中的短视和急躁造成的，人类文化发展史表明，一种文化形态的形成和稳定，必须建立在长时间的知识储备和文化积淀基础上，没有一定的文化积累，缺乏一代甚至几代人的智慧叠加和灵感突破，仅凭一些文艺领袖振臂高呼是难以完成的。其结果只会造成整个文化体系的破坏和畸形发展，使后来者无法突破既有的模式，无法依靠自身的力量打破业已形成的文化藩篱，只能在已有的形式上修修补补，创造不出具有里程碑意义的诗学形态。

中国新体诗就是在这样的尴尬中孕育发展的，其所处的环境和结局自然也在预料之中。所以，严格意义上来说，新体诗早已不再是传统意义的"诗"了，其表现形式和表达方式已经发生了质的变化，既不同于中国古典诗歌形式，也不同于由古典诗演变而来的创作方式更自由灵活的赋、词、曲等文学体裁，新体诗太过政治化、庸俗化和大众化的表达方式，因为忽略了诗歌内在的高雅、精致和唯美的特性，而被人们日渐忽略。也许正因为其轻飘浮躁的文风，其随意变换的文体，毫无章法约束的写作方式，让鉴赏者在满足一时的好奇之后，便也消散了对诗学的敬畏之心。当代诗歌无足轻重的社会地位，不是诗学的失败，而是这一文体还没有适应中国新文化的运行机律和发展节奏，还没有找到适宜的土壤，没有挖掘出属于自身的质的属性。回归古典文风已不可能，但重拾中国传统诗学的伦理精神，却可以推动中国新体诗的文化整合、精神重塑和内涵美化，继而重新唤醒人们对诗歌的深层记忆、潜在热情和艺术敬畏。

二〇一五年一月写于安徽大学